Mira Morton

Ich will keine Geschenke

Die Autorin

Mira Morton ist das Pseudonym einer Österreicherin, die sich äußerst ungern auf einen Geburtsort oder gar ein Geburtsjahr festlegen lässt. Ihre bisher erschienenen erfolgreichen romantischen Komödien bescherten Mira allerdings den Titel *Principessa* – verliehen von treuen Leserinnen für die Selbstverständlichkeit, mit der sie völlig emanzipiert ihre Prinzessinnenseite auslebt.

»Ich will nichts anderes als unterhalten. Mich selbst, während ich schreibe und an einem neuen Roman fast verzweifle, und meine Leserinnen, wenn sich – wie durch ein Wunder – diese Liebesgeschichte plötzlich in ihren Köpfen wie ein Film liest. Wenn es mir gelungen ist, dass sie lachen und hin und wieder eine Träne verdrücken, dann war es jede Tasse Kaffee, jede durchwachte Nacht und jedes Tränensäckchen unter den Augen wert«, sagt Mira über ihren Anspruch an ihre Liebesromane.

Und tatsächlich hat Mira Morton einen Hang zu Geschichten à la Hollywood: Sexy, mit geheimnisvollen Millionären (von Filmstars bis hin zu Designern), umwerfenden Schauplätzen (Karibik, Malediven, Maui ...), aber vor allem mit modernen Frauen, die nicht in allen Belangen perfekt sein müssen. All dies gehört für sie unbedingt dazu.

Miras Botschaft lautet »Keep on dreamin'!«, da es für sie nichts Schöneres als die unendliche Welt der Fantasie und Bücher gibt.

www.miramorton.com

Email: principessa@miramorton.com

Instagram: @mortonmira

Facebook: www.facebook.com/MortonMira

Alle bisher erschienenen Romane von Mira Morton

Einzelromane:

›**Frühstück in Venedig**‹ – Wien, Venedig, Los Angeles

›**Nur aus Liebe, Flamingo**‹ – Providenciales, Karibik

›**Ich schreib dich einfach weg**‹ – Malediven, Wien, Köln, Karibik

›**Unter den Flügeln deiner Seele**‹ – Wien, Andalusien

›**Mitten ins Herz versegelt**‹ – Mödling, Segeltörn in Kroatien, Maui

›**Immer wieder er**‹ – Wien, Neusiedler See

›**SOS! Versenkt den Milliardär**‹ – Mittelmeerkreuzfahrt (Teil 1 der Sieben-Sommersünden-Serie), Malta, Griechenland

›**Weihnachten ist nichts für schwache Nerven**‹ – Wien

›**Carol's Christmas. Ein Weihnachtswunder für die Liebe**‹ – Wien, ein kleines Dorf in den Bergen – nach Charles Dickens ‚A Christmas Carol‘

»Miami Girls«-Reihe:

›**Verliebt ist auch verrückt**‹ (1) – Wien, Miami, Las Vegas

›**Solitaire. Liebe doch nicht inbegriffen**‹ (2) – Namibia, Miami

»Marry me«-Zweiteiler:

›**Eine Singlehochzeit zum Verlieben**‹ (1)

›**Zwei Singleflitterwochen zum Verlieben**‹ (2)

Die beiden Romane gehören zusammen!

»Secrets-Geheimnisvoll verliebt«-Serie:

›**Verbloggt. Ein Milliardär auf der Couch**‹ (1) – *Emma* – Wien, Steiermark

›**Bon Bini. When Love rocks**‹ (2) – *Riki* – Wien, Bonaire in der Karibik

›**Herzknistern. Blind verliebt im Pulverschnee**‹ (3) – *Marlene* – Wien, Kitzbühel

»Hollywood Love Story«-Serie:

›**Ich will kein Autogramm**‹ (1) – Wien, Barcelona

›**Ich will keinen Bodyguard**‹ (2) – Karibik (Saint Lucia, Mustique)

›**Ich will keinen Champagner**‹ (3) – Wien, Mallorca

›**Ich will keine Geschenke**‹ (4) – Los Angeles, Mexiko

›**Ich will keinen Hollywoodstar**‹ (5) – Los Angeles, Bahamas

Jeder Roman der Serie ist in sich abgeschlossen. Die Serie hat jedoch die gleichen Hauptprotagonisten Mara und Aiden.

Mira Morton

Ich will keine Geschenke

Roman

1. Auflage, April 2020

PINK CROWN Edition

Kontakt:
Mag. Sabine Lengyel-Sigl
Richard Wagner-Gasse 9b, 2340 Mödling, Österreich
info@resipsychology.com

Texte: Mira Morton
Korrektorat und Satz: János Rudolf

Coverdesign:
Mira Morton & János Rudolf
Bildmaterial:
· © AbElena - shutterstock.com, ID:539033986
(Schöner Rücken der jungen Frau in einem weißen sexy Kleid mit Champagner)
© teena137 - shutterstock.com, ID:104504204
(Golden clutch, closeup)
© tanatat - shutterstock.com, ID:398725402
(goldenes Band einzeln auf Weiß)
© KKulikov - shutterstock.com, ID:111463262
(Festive New Year›s fireworks over the tropical island)
© KaiMook Studio 99 - shutterstock.com, ID:528070141
(blue glitter texture christmas abstract)
© Khunkrai Photo - shutterstock.com, ID:354565037
(Green and gold gift bow isolated on white background)

ISBN: 978-3-9503-5895-7

Heiliger Abend in Mexiko

24. Dezember, Samstagvormittag

Mara

Das wird das unweihnachtlichste Weihnachtsfest meines Lebens.

»Hach!«

Hab ich geseufzt?

Scheint so.

Ich liebe Toms Villa schon jetzt.

Wir sind alle gemeinsam in Mexiko. Besser gehts nicht.

Keine Geschenke.

Kein Stress.

Ich muss nicht am fünfundzwanzigsten Dezember Anstandsbesuche bei Verwandten machen, die so tun, als würden wir uns andauernd sehen. Himmel. Das sind Fremde. Irgendwelche Tanten schmatzen mich immer ab und tun so, als wäre ich noch vier Jahre alt.

Aber heuer nicht.

Dieses Jahr ist alles anders.

Mich juckt es in den Fingern.

Ich kann nicht anders und tippe Aiden Trenton und Verlobung auf meinem Tablet ein.

Bäuchlings lege ich mich auf das Liegebett.

Mein Herz klopft laut. Ich fliege über einige der Meldungen.

Oh … yes!

Nun weiß es die ganze Welt!

›Jetzt also doch! Der begehrteste Single Hollywoods ist vom Markt. Tamara Dohm ist das Unmögliche gelungen: Die schöne

»Wann wirst du dir abgewöhnen uns zu googeln, Mara?«, fragt Tom und steht plötzlich direkt neben mir.

Ich grinse ihn an.

Das Adrenalin in meinem Körper feiert eine Party.

Tom sieht zum Anbeißen aus. In zerrissenen Jeans steht einer der berühmtesten Filmstars der Welt barfuß und mit nacktem Oberkörper da. Vor mir.

Abgewöhnen?

Google zähle ich zu meinem engsten Freundeskreis. Google weiß alles. Und Google hat diesen Artikel über uns.

Gar nichts werde ich mir abgewöhnen. Jetzt ist es offiziell. Ich könnte vor Freude quietschen!

»Tom, ich bin von Grund auf neugierig. Übrigens, du siehst umwerfend sexy aus«, grinse ich.

Er sieht an sich herab.

»Freut mich«, lacht er.

»Ja, in natura auch, Liebling, aber ich habe das Foto hier von dir im Internet gemeint.«

Ich muss laut auflachen. Sein leidender Dackelblick spricht Bände.

»Ach das. Nun, du kennst Cora. Beinahe nichts in den Medien passiert zufällig. Mein Zerberus wacht über allem.«

Ja, seine PR-Managerin hat das geschickt lanciert. Eine Verlobung passt doch wunderbar zum Fest der Liebe, hat Cora gemeint. Etwas süffisant war es schon. Aber da stehe ich drüber.

Habe ich eben zwei Wochen gewartet, bis ich es hinausschreien darf.

Aber nun ist es so weit.

Nun weiß es die ganz Welt: Der heißeste Mann dieses Planeten ist meiner!

Ich umarme seine Hüften und küsse seinen Bauch.

Tom grunzt.

»Übrigens, lies das einmal, Tom. Hier steht: Ich habe dich gezähmt.«

Er beugt sich von hinten über mich.

Unwillkürlich lehne ich mich an ihn.

Keine Ahnung, womit ich einen Mann wie ihn verdient habe. Noch immer schmelze ich dahin. Alleine wenn ich ihn rieche. Diese Mischung aus herben Kräutern ist unwiderstehlich.

Er küsst mich, nimmt das Tablet und liest die Meldung selbst.

»Nun, wenn es sogar die deutschen Klatschblätter schreiben, dann wird es wohl stimmen«, lacht er.

Für mich ist das nach wie vor seltsam. Jede Kleinigkeit aus seinem Leben steht in der Presse. Er ist ein Star!

Und nicht irgendeiner.

Top-Liga Hollywoods. Hunderte Millionen schwer. Der feuchte Traum vieler Frauen und Mädchen weltweit.

Deiner doch auch! Hast du dich nicht ebenso unsterblich in seine ozeanblauen Augen verliebt? Seine knackige Figur und sein göttliches, kinnlanges schwarzes Haar?

Wann werden diese Kommentare in meinem Kopf endlich aufhören? Meine innere Stimme nervt.

Aber es stimmt. Ich bin ihm mit Haut und Haar verfallen.

Die Reduktion auf Äußerlichkeiten wäre aber falsch.

Ich liebe, wie er seinen Espresso trinkt.

Auch, dass er immer vor mir aufwacht und mir eine Rose ans Bett stellt.

Seine Fältchen um die Augen, wenn er über etwas lacht. Und erst die Art, wie er seine Zehen im Sand vergräbt. Sich auf seinen Ellbogen abstützt und das Meer betrachtet.

Oder, wenn er einen Text lernt und mit Brille neben mir auf- und abläuft.

Die Art, wie er trotz all des Erfolges auf dem Boden geblieben ist. Auf Werte, wie Freundschaften und Familie, achtet.

Deshalb ist er nach wie vor einfach nur Tom für mich. Kein Star, dem ich nachgelaufen bin. Schließlich habe ich erst nach unserem Kennenlernen von seinem Künstlernamen Aiden Trenton erfahren.

»Am liebsten würde ich ja sofort wieder mit dir ins Bett«, gurrt er in mein Ohr.

»Nicht mein Ohr, Tom. Du weißt, wie das endet.«

Und schon ist es passiert. Alles in mir kribbelt.

»Aber ich foltere dich nur zu gerne«, lächelt er und streichelt mir über den Ansatz meines Busens.

Nur mit dem Bikini hier unter der Sonne Mexikos herumzuliegen war eventuell etwas unüberlegt.

»Hör auf, Tom. Unsere Eltern kommen sicher demnächst zum Frühstück auf die Terrasse.«

Eh ein Wunder, es ist schon zehn Uhr.

Dass sie noch nicht hier sind, liegt an der Zeitverschiebung und den zwei anstrengenden Tagen, die hinter ihnen liegen. Sie sind erst vorgestern von Europa eingeflogen.

Was war das für eine Aufregung. Zuerst lernen sich meine und Toms Eltern in Los Angeles endlich kennen, dann eröffnet er ihnen, dass er uns alle in seinen Privatjet packen und nach Baja California fliegen möchte.

»Verstehen sich gut unsere Oldies, was?«, gurrt er in mein Ohr.

»Zum Glück. Aber lass mein Ohr!«
Er fährt mir durchs Haar.

Mein Blick fällt auf meinen Ring.

Es fühlt sich immer noch an, als hätte dieses klitzekleine Ding an meinem Körper gar nichts mit mir zu tun, sondern lebte vielmehr sein eigenes Leben.

Der Siebenkaräter im Smaragdschliff funkelt mir entgegen.

Ich schlucke.

Ebenfalls aus den Medien weiß ich, dass Tom für diesen viereckigen Verlobungsring angeblich fünfhundertfünfzigtausend Euro ausgegeben hat.

Fünfhundertfünfzigtausend Euro!

Ich wollte das Ding ja gleich sicher in einem Safe verwahren. Ein Testament schreiben und meinen ungeborenen Kindern vererben.

Aber Tom?

Er hat darauf bestanden, dass ich diesen Ring einfach so spazieren trage.

Früher einmal hätten wir uns dafür eine Wohnung gekauft und die Urlaube der nächsten Jahre wären gesichert gewesen. Aber wie man sieht, an Geld gewöhnt man sich sehr, sehr schnell.

Ich brauch deine dummen Bemerkungen nicht.

Heute ist Weihnachten!

Beam dich einfach weg.

Meine innere Stimme nervt. Wie immer.

»Genug gegoogelt, Honey.«
Äh, wo waren wir?

Ach ja.

Terrasse. Pool direkt vor mir. Meer dahinter.

Ich auf der Liege.

Tom nimmt mein Tablet und legt es auf den Couchtisch direkt neben mir.

»Du hast recht. Dafür legst du dich ein paar Minuten zu mir, ja?«

»Aber immer schön artig sein«, zwinkert er und kuschelt sich von hinten an mich.

Die Liegen aus Holz direkt am Pool sind so was von nett.

Überhaupt ist diese moderne Villa mit den beiden Nebengebäuden der blanke Wahnsinn. Ginge es nach mir, hier würde ich das ganze Jahr über leben wollen.

»Das war eine super Idee von dir, hier mit allen Weihnachten zu feiern, Tom.«

»Ja, ich dachte, Los Cabos würde auch deinen Eltern gefallen.«

»Tut es. Mama ist ganz begeistert. Vor allem von deiner Villa.«

»Unserer Villa.«

»Okay, unserer Villa. Es tut mir leid, aber ich habe mich noch nicht so richtig daran gewöhnt.«

»Aber an mich hoffentlich doch, oder?«

»Ja, Liebling. An dich schon. Obwohl? Ich glaube, ich habe vergessen, wie du ganz nackt aussiehst!«

»Wirklich! Du bist mir eine! Dann müssen wir das aber ganz schnell ändern …«

Er zieht mich mit ans Meer hinunter.

Immer wenn ich in seine Augen sehe, habe ich diesen herzigen, rosaroten Strampelanzug vor mir.

Ach, ich liebe Tom! Dieser Mann verwandelt selbst Nieselregen und Nebel in eine Blumenwiese mit Schmetterlingen.

Heute ist der Heilige Abend und die warme Luft riecht nach Blüten!

Überall wachsen Palmen. Kleine tropische Pflanzen und Kakteen säumen die große Terrasse. Vor mir liegt das Meer.

Türkisblau in der kleinen Bucht.

Weiter draußen geht es in ein sattes Dunkelblau über.

Es sind nur ein paar Meter von der Villa an den Strand.

Tom nimmt mich an der Hand und läuft mit mir die Stufen hinunter.

Seine Jeans lässt er auf den gelben Sand fallen.

Ich mein Kleid auch.

Wir laufen ins Wasser ...

Mmmh. So stell ich mir das Fest der Liebe vor!

Weihnachten bei dreißig Grad

24. Dezember, späterer Vormittag

Mara

»Kind, mir kommen die Tränen, so traumhaft ist es hier.«

Meine Mama ist im Glück.

Sie steht am Rand der Steinterrasse vor dem Pool und sieht aufs Meer hinaus. Schick sieht sie aus im weißen Sommerkleid und den Ballerinas dazu.

Ich umarme sie.

»Siehst du, auch wenn der Start mit Tom ein wenig stressig war, am Ende ist alles gut.«

Vermutlich wären die meisten Mütter dieser Welt hocherfreut gewesen, wenn die Tochter mit Aiden Trenton nach Hause kommt. Ich könnte mir vorstellen, einige hätten sich selbst und ihr Alter vergessen und sich ihm an den Hals geworfen.

Nicht so meine Mutter.

Nein!

Erst quält sie mich jahrelang mit Heiraten und Kinderkriegen. Wohlbemerkt immer dann, wenn weit und breit kein Mann in meinem Leben in Sicht war. Kaum aber war ich mit Tom zusammen, ist ihr plötzlich alles zu schnell gegangen. Sie war der Meinung, aus uns könne nichts werden.

Läuft weg, weil er mir einen Heiratsantrag macht. In meinem Elternhaus in Mödling.

Das soll einmal jemand verstehen!

Nur mein Papa ist von Anfang an hinter Tom und mir gestanden.

Mama küsst mich auf die Stirn und streicht mir übers Haar.

»Mara, Papa und ich, also ehrlich, dass du einen Mann wie Tom triffst, ist für uns nach wie vor schwer zu realisieren.«

Und das Schlimmste ist: Ich habe nicht nur eine eigensinnige Stimme in meinem Kopf, meine Mutter liest meine Gedanken!

»Er ist ja auch nur ein Mensch, Mama.«

Sie wischt sich ein paar Tränen aus den Augenwinkeln.

»Ja. Natürlich«, schluchzt sie kurz auf.

Typisch.

Jetzt ist sie rührselig.

»Das kann ich bestätigen, liebe Helga, schließlich habe ich ihn zur Welt gebracht«, lacht Helena, die auch zu uns auf die Terrasse stößt.

Wenigstens ist Toms Mutter an den ganzen Rummel rund um ihn gewöhnt.

»Helena, du kannst stolz auf deinen Sohn sein. Tom ist charmant, erfolgreich und gutaussehend und dass er unsere Mara so liebevoll behandelt, kann nur dein Werk als Mutter sein«, sagt Mama.

Jetzt ist Helena ganz gerührt und herzt sie.

Irgendwie merkt man den Frieden, der jedes Jahr wieder über diesem Fest schwebt.

»So, und nun sagt ihr mir, wo die Weihnachtsdekoration ist. Ich kenne mich hier im Haus ja leider nicht aus, aber ich mache mich gerne nützlich.«, sagt Mama

Auch wieder typisch meine Mutter.

Jedes Jahr jammert sie, wie unglaublich stressig der Heilige Abend für sie ist. Dann muss sie einmal nichts tun, und es versetzt sie auch in Panik.

»Mama. Wir haben Gestecke und Kerzen für den Tisch. Das ist alles. Du musst gar nichts machen«, sage ich und tätschle sie am Arm.

Hat nicht geholfen.

»Das ist alles?«

Ui. Meine Mutter kämpft mit sich.

»Nun ja, sehr puristisch würde ich es nennen«, pflichtet Helena ihr bei.

Was wird das?

Eine Verschwörung?

»Und in der Küche?«, will Mama wissen.

Ja, wenn gar nichts mehr geht, dann übernimmt meine Mutter die Küche.

»Helga, ich kenne Sandra, sie lässt sich von uns ohnehin nicht zur Hand gehen. Guido hat vorgeschlagen, dass wir nach Los Cabos fahren und die Weihnachtsstimmung hier etwas genießen«, sagt Toms Mutter.

»Ja, Mama. Sandra ist die Perle des Hauses. Du kannst entspannt in den Ort fahren.«

Eigentlich ist Sandra Toms guter Geist. Egal in welchem seiner Domizile Tom sich gerade aufhält, die quirlige Mittfünfzigerin ist mindestens einen Tag vor ihm dort und checkt alles. Für sämtliche Angestellten ist eigentlich Sandra der Boss.

»Aber das geht doch nicht. Der Christbaum muss ja auch erst aufgeputzt werden«, geiert sich meine Mutter um Arbeit.

»Mama, wir haben nur den großen Christbaum vor dem Haus. Der ist doch schön, und wir dachten, das reicht.«

Wobei?

Natürlich reicht das nicht.

Meine Mutter verwandelt unser Haus jedes Jahr wieder in ein Christmas-Wonderland. Gefühlte tausend Engel. Nicht weniger Kerzen. Jedes Fenster zur Straßenseite erstrahlt im Glanz der Lichtergirlanden. Beleuchteter Rentierschlitten im Vorgarten, Weihnachtsgestecke auf jedem Tisch. Wenn sie könnte, würde sie sich eine Schneemaschine in den Garten stellen.

Was hab ich mir dabei gedacht?

»Kein Christbaum neben der Tafel? Nur dieser amerikanische Dings da bei der Einfahrt?«, quietscht Mama.

»Ich finde auch, das sieht leer aus«, pflichtet ihr Toms Mutter bei.

Oje. Helena findet die Idee einer etwas reduzierten Weihnachtsdeko auch nicht berauschend.

»Habt ihr wenigstens eine Krippe, Mara?«, will Mama wissen.

»Äh, keine Ahnung. Aber ich frag Sandra nachher.«

Mein Schwiegerpapa in spe, Guido, kommt zu uns.

Bitte erlöse mich von Mama und Helena!

»Hier sind die Damen des Hauses! Horst und ich sind starklar. Wollen wir?«

»Nachdem ich hier überflüssig bin, gerne«, nickt meine Mutter.

Ich habe den vorwurfsvollen Blick gesehen!

Wie lange kennst du deine Mutter?

Seit zweiunddreißig Jahren.

Ach? Und da hoffst du, dass sie auf einmal flexibel ist? Ein frommer Wunsch, oder?

Blödsinn.

Ich gehe jetzt zu Sandra, Toms Haushälterin, und frag nach, ob es hier nicht wenigstens ein oder zwei Engel gibt.

***

»Tini! Hier bist du.«

Meine allerbeste Freundin sitzt im Schneidersitz auf der Couch. Computer auf den Oberschenkeln. Im grauen Wohnzimmer. Das habe ich gestern so getauft, weil die Ledercouch riesig und hellgrau ist.

»Ich habe gerade mit meinen Eltern geskypt. Anstrengend sag ich dir«, meint Tini.

»Kann ich mir vorstellen. Deine Mama wird noch Wochen brauchen, bis sie verdaut hat, dass du zu uns in die USA gezogen bist.«

Ich hocke mich neben Tini auf eines der Sofas.

»Dafür bin ich umso glücklicher, dass du da bist«, setze ich nach.

Dass Tini und Sanni vielleicht ein ganzes Jahr mit uns leben werden, finde ich sagenhaft.

Sie sieht mich grinsend an.

»Und ich erst«, lacht Tini.

Mir fällt auf, wie umwerfend sie heute aussieht.

Weiße Jeans, eine flatternde, fast durchsichtige weiße Bluse dazu, darunter ein Spitzentop. Ihr blondes, kurzes Haar gibt ihr einen frechen Touch. Entgegen ihrer Gewohnheit trägt Tini heute sogar einen knallroten Lippenstift.

»Sag einmal, Tini, wie findest du es eigentlich, dass Ben schon gestern Abend angereist ist?«, frage ich sie.

Eigentlich wollte Ben erst zu unserer Silvesterparty kommen. Schließlich besitzt Ben Romans selbst eine traumhaft schöne Villa in der Karibik.

Das ist auch so etwas.

Viele von Toms engsten Freunden sind Superstars. Wie Ben. Er ist zwar wie Tom gebürtiger Deutscher, singt jedoch auf Englisch und ist mittlerweile auch in den USA ein Star. Seine letzte Single war Nummer eins der American Billboard-Charts.

»Eh cool.«

»Bitte? *Du* hast mich zu Bens Konzert in Wien geschliffen, da haben wir beide nicht einmal ahnen können, dass wir ihm jemals so nahe kommen. Und jetzt tust du so unaufgeregt?«

Glaub ich ihr nicht.

Schon bei unserer Verlobungsfeier in Wien hatte ich das Gefühl, sie interessieren sich füreinander.

»Bin ich aber.«

»Was bist du aber?«

»Unaufgeregt.«

»Aha. Daher auch das auffällige Make-up und diese Vernasch-mich-am-Küchentisch-Bluse?«

»Hör auf. Da ist nichts zwischen uns«, mault sie und tippt pseudo-gelangweilt auf dem Laptop herum.

»Sagt nur jemand, der sich genau das Gegenteil wünscht.«

»Mara, bitte. Du hörst das Gras wachsen. Ich bin froh wieder Single zu sein und habe mit der Planung eurer Hochzeit genug zu tun.«

Das stimmt allerdings. Tini ist Eventmanagerin. Tom hat sie überredet, alle ihre Aufträge in Wien an ihre Assistentin zu übertragen, um sich nun ganz der Planung unserer Hochzeit zu widmen.

Ich versuche, aus ihren Augen zu lesen.

Sie sieht auf den Bildschirm.

»Bitte. Dann reden wir übers Wetter«, ätze ich.

Ben ist gestern in der Nacht angekommen und schläft im Gästehaus, ein paar Meter neben der Hauptvilla. Ich schätze, er wird bald hier auftauchen.

»Mara, Ben ist mir echt egal.«

Wir werden ja sehen.

Cora donnert plötzlich herein.

Sie ist eine optische Gemeinheit. Wie Tini.

Superschlank.

Edel gekleidet.

Sieht selbst am Abend wie frisch aus dem Ei gepellt aus.

Nur im Unterschied zu Tini umgibt Cora die Aura eines Aasgeiers, der auf Beute wartet.

Meine Stimmung ist in der Sekunde im Keller.

»Mara, morgen haben wir einen inoffiziellen Termin mit der Presse.«

Wie wärs mit Guten Morgen? Aber dafür ist Cora zu busy. Neben ihr komme ich mir jedes Mal wie ein Loser vor.

Und übergewichtig.

Geradezu bäuerlich derb.

Wie eine unterschminkte Hausfrauentussi.

»Morgen ist der Fünfundzwanzigste, Cora!«, maule ich.

»Eben deshalb. Du, Ben, Tom und ich werden um vier Uhr drüben in einer der Strandbars sein. Mit Will. Die Paparazzi stehen bereit, es gibt ein paar zufällige Weihnachtsurlaubsfotos des glücklichen Paares mit Freunden und um fünf Uhr rauschen wir wieder ab.«

Meint sie das ernst oder verarscht sie mich gerade?

»Ach, und das Fußvolk wie Sanni und ich dürfen nicht mit?«, mischt sich Tini ein.

Sie verzieht ihre roten Mundwinkel.

Ich wollte dieses Argument auch gerade ins Rennen führen.

Schließlich ist Sanni ebenfalls nur wegen mir hier. Der Dritte in unserem Freundestrio hat die Rolle meines Haus- und Hof-Stylisten übernommen.

Immerhin hat er in Wien die Modeschule besucht, aber die letzten Jahre im Lokal seines Vaters gearbeitet. Doch nun wittert er die Chance, um mit seinen Kreationen an meinem Körper berühmt zu werden.

Hoffentlich klappt das.

Wobei wir uns einig sind, dass wir hin und wieder vor seinen sogenannten Kreationen Angst haben, oder?

Jaja.

»Oh, du kannst gerne mitkommen. Aber dann musst du mit den Schlagzeilen leben, dass du die Neue von Ben Romans bist«, pfaucht Cora Tini an.

»Nein danke, das wäre das Letzte«, sagt Tini und kocht.

»Eben. Dachte ich mir.«

Cora raucht sich eine Zigarette an.

Will sie bleiben?

»Sag, Cora, wofür ist der Termin überhaupt gut?«, frage ich.

Sie ist der einzige Mensch in Toms näherem Umfeld, bei dem es mir schwerfällt, sie vorbehaltlos zu mögen. Woran das genau liegt, weiß ich nicht. Aber ich gebe mein Bestes, immerhin ist Cora auch eine von Toms engsten Freundinnen, nicht nur die Hüterin seines Images.

»Damit sie uns in Ruhe lassen. Wir geben den Affen Zucker und als Gegenleistung behelligen sie uns weder heute noch den Rest der Woche. Das ist der Deal.«

»Okay. Alles klar. Dann machen wir das so«, sage ich kleinlaut.

»Davon bin ich ausgegangen, Kleines.«

Dieser spitze Tonfall!

Sag noch einmal Kleines zu mir!

Und schon ist sie wieder dahin.

So ein Glück.

Wenigstens hat Tom sie im Gästehaus einquartiert. Neben Ben.

Anscheinend wohnt sie da erstmalig. Weil unsere Eltern wie auch Sanni und Tini die überzähligen Räume in der Villa belegen. Das Gute ist, so ist sie nicht andauernd um mich herum.

Herrje, jetzt denke ich schon wieder so böse über sie.

Sie ist eine Giftspritze und akzeptiert dich nur, weil du Toms Freundin und mittlerweile Verlobte bist.

Ja, eh.

Aber sie gehört zu seinem inneren Kreis. Also muss ich sie mögen.

Müssen wir Klapperschlangen mögen, nur weil sie auch Lebewesen sind?

Argh!

Filmstars sind selten Engel

24. Dezember, Samstagnachmittag

Tini

Doch. Meine Konzepte für die Hochzeit sind nicht übel. Wäre aber nett, wenn die beiden sie endlich ansehen würden. Das hier ist ein Vogelhaus. Andauernd kommen und gehen Menschen.

»Ich könnte Tom umbringen, so sauer bin ich«, keift Mara, während sie gerade zu Sanni und mir auf die Terrasse kommt.

Nun ja, besonders umsichtig ist das von Tom nicht, uns hier mitsamt seiner und Maras Eltern sitzen zu lassen.

Rockstar Ben Romans und Filmstar Aiden Trenton sind seit elf Uhr vormittags auf Zechtour! Ohne Bodyguards. - Weil die Bar einem Freund gehört, der selbst Security hat. Zufällig weiß ich, dass dieser Freund Tequilabrauen zu seinem neuen Hobby erkoren hat. Ich persönlich frage mich also eher, in welchem Zustand sie zurückkommen werden und weniger wann.

»Keine Sorge, sie kommen schon wieder«, versuche ich Mara zu beruhigen.

»Aber heute ist Weihnachten! Muss das genau heute sein?«, schimpft Mara weiter.

»Reg dich nicht so auf. Wir haben es doch superschön hier, und das Beste ist, wir feiern ganz und gar ohne Geschenke!«

Hinter mir liegen weder tagelange Diskussionen mit meiner Mutter über das Weihnachtsmenü noch über die Farbgestaltung des Baumbehangs. Sag ich nämlich, mir gefällt der Christbaum schlicht in Silber und Gold, meint Mama, das geht gar nicht. Die richtigen Farben wären wohl grün und rot. Oder umgekehrt. Aber seis drum.

Auf jeden Fall habe ich den Heiligen Abend noch nie so relaxt erlebt. Und Helgas Vorschlag, wie schenken uns alle nichts, ist ein Traum!

»Stimmt, das Übersiedeln war eh hektisch genug. Find ich toll, dass wir nicht noch Geschenke für alle finden mussten. Aber langsam könnten sie dann schon daherkommen.«

Mara fährt sich durch die braunen Locken und hat rote Flecken im Gesicht. Ui, das regt sie ziemlich auf.

»Engelchen, ich verstehe dich nicht. Lass die beiden doch. Sei nicht so eine Klette und gönn ihnen den Ausflug.«

Sanni grinst vielsagend.

Ben!

Nach dem letzten Reinfaller mit Steve habe ich mir vorgenommen, Männern lieber fern zu bleiben. Aber Ben hat etwas. Vor allem seine dunklen Augen. Aber warum sieht er immer weg, wenn ich in seine Augen sehe? Sonst ist er ja überaus schlagfertig. Und er hat etwas Geheimnisvolles. Gleichzeitig scheint er recht sensibel zu sein. Würde er sonst so tolle Texte schreiben?

»Ich? Eine Klette?«, pudelt sich Mara auf.

Oh. Sind wir noch bei diesem Thema?

»Also ich sag nur, hör auf deinen Sanni! Pfeif auf die Oldies und schlüpf in das Weihnachtskleid, das ich dir oben hergerichtet habe. Wenn Tom heimkommt, gönn dir ein Stündchen mit ihm. Und keif ja nicht. Das braucht echt niemand.«

Sanni zieht ein Schnoferl. Mara erdolcht ihn blicktechnisch.

Ich muss grinsen.

»Da hat Sanni absolut recht. Schau uns beide an, Mara. Wir können uns ohnehin nur in Alkohol ertränken. Ich schätze nämlich, selbst wenn der offene Kamin hier noch so riesig ist, Santa lässt nicht einen einzigen knackigen Typen für uns rauspurzeln.«

»Stimmt. Aber trotzdem ist das rücksichtslos«, meint Mara.

Sanni reißt die Hände in die Höhe.

»Engelchen! Deine Sorgen, Toms Kohle und einen Typen mit seinem Knackarsch möchte dein Sanni im Bett haben. Und ich schwöre, ich würde jeden Tag beten und das Grinsen wäre aus meinem Gesicht nicht einmal mit Hammer und Meißel herauszustemmen! Ginge es nach mir, könnte er bis nach der Mitternachtsmette mit Ben in einer Bar saufen!«

Wir kichern.

»Solange er irgendwann den Weg wieder in mein Bett findet!«, schließt Sanni seine Brandrede ab.

»Seh ich beinahe auch so«, pflichte ich ihm bei.

Wobei?

Ich freue mich irgendwie auf Ben. Also netter wäre es schon, wenn sie bald daherkämen.

»Na gut. Dann übe ich mich ab sofort in Geduld. Auf jeden Fall gehen wir drei jetzt zu Sandra und fragen, wie wir ihr noch helfen können, damit das Weihnachtsessen richtig schön wird«, schlägt Mara vor und geht voraus in Richtung Küche.

Sandra ist ein wahrer Engel. Doch ein wenig Unterstützung kann nicht schaden, und die Zeit wird auch schneller vergehen. Ich für meinen Teil finde es echt cool, dass wir heute Abend zu ... oh, da muss ich zählen.

Also Tom und seine Eltern, Helena und Guido. Dann Mara mit ihren Eltern, Horst und Helga. Sandra, Will, Cora, Ben, Sanni und ich. Damit sind wir? Wow. Zu zwölft.

Perfekt für das Abendmahl.

Wir werden den Tisch richtig feierlich decken. Das wird ein wundervoller Weihnachtsabend.

Leise rieseln die Erwartungen ...

24. Dezember, Samstagnachmittag

Mara

Sieht schon sehr nett aus, die Tafel. Und dieser Ausblick! Über uns der Himmel, vor uns das Meer.

So traumhaft. Eine Pergola aus Holz überdacht diesen Essplatz. Nach vorne ist alles offen, aber doch geschützt durch die weißen Mauern an drei Seiten. Von oben baumeln in etwa sechs Meter Höhe riesige Holzscheiben an weißen Seilen.

Ich mag auch den dunklen, massiven Holztisch. Er ist irre lang. Ideal für uns alle.

»Goldenes Besteck. Nobel, nobel«, grinst Sanni und legt Messer und Gabeln auf.

»Nur vergoldet«, kichert Sandra und stellt weiße Platzteller auf jedes Set. Feiner Organza schätze ich. Mit Sternen darauf.

Ich falte die Weihnachtsservietten aus Stoff. Sie haben ebenfalls ein Sternenmuster in Gold.

Sandra sollte auch vergoldet werden. Sie ist so ein Schatz! Alles hat sie vorbereitet.

»Mara? Aufdecken, nicht träumen«, ermahnt mich Tini grinsend und placiert zwei Gestecke mit grünen Blättern, roten Hibiskusblüten und goldenen Kugeln am Tisch.

Sandra stellt kleine Engel auf den Rand jedes Platztellers.

»Ja, ja!«

Es ist kein Traum.

Ich bin mit dem *Sexiest Man Alive* verlobt. Ob ich mich in den Arm zwicken soll, nur um sicherzugehen, dass das alles keine Einbildung ist? Jeden Morgen denke ich, dass es ein Wunder ist, in Toms Arme gestolpert zu sein. Und dass es ein noch größeres Wunder ist, in seinen Armen aufwachen zu dürfen.

Apropos.

Das war eindeutig die Eingangstüre. Na endlich! Wird auch Zeit, dass Tom und Ben endlich heimkommen.

Ich lächle in mich hinein.

Jetzt kann das Weihnachtsfest endlich beginnen. Das wird unser allererstes Familienfest. Alle um den Tisch versammelt. Kaum zu glauben. Und nächstes Jahr heiraten wir!

Ja.

Ich bin glücklich.

Nur auf diesen Rummel mit der Presse würde ich liebend gerne verzichten.

»Tom?«, rufe ich ins Haus.

»Ich bins, Mara«, schreit Mama zurück.

Oh.

Dann sind die beiden noch immer nicht da.

Schon einmal etwas von modernen Kommunikationsmitteln gehört? Ruf einfach an!

Sicher nicht.

Und schon ist meine Mutter neben uns.

Nicht wiederzuerkennen. Nun in pinkfarbenen Shorts, einer weißen Bluse und weiß-silbernen Sandalen. Ein bisserl zwickt die kurze Hose um die Oberschenkel, aber wenn es ihr Spaß macht?

»Soll ich euch nicht doch helfen?«, will sie wissen und nimmt mir einen Teller aus der Hand.

Ich nehme ihn ihr wieder weg.

»Nein, Mama. Danke. Wir sind schon fast fertig. Du erholst dich heute.«

Sie steht da und begutachtet den gedeckten Tisch.

»Doch. Sieht sehr festlich aus«, nickt sie.

»Bin ich froh, dass er dir gefällt. Danke, Mama!«

Alle grinsen. Das war ein Ritterschlag für unsere Dekorationskünste.

»Na gut. Dann schnappe ich Papa und bitte Will, uns noch einmal in den Ort zu führen«, meint Mama.

Bitte? Der arme Will hat auch Besseres verdient, als am Heiligen Abend den Chauffeur spielen zu müssen. Ich mag Toms Chef-Bodyguard und Freund nämlich irrsinnig gerne.

»Wozu denn das?«, frage ich.

»Kindchen, glaubst du, wir feiern Weihnachten ohne Baum? Also wirklich.«

Mist.

Sie macht Ernst.

Ihren extra Koffer mit Baumschmuck hat sie mir bereits in Los Angeles voller Stolz gezeigt.

»Hast du etwa vorhin im Ort einen Stand mit Christbäumen gesehen?«, frage ich. Sicherheitshalber. Nicht dass Will sie jetzt stundenlang herumkutschieren muss.

»Ja, aber das ist ja alles nichts, was sie hier haben. Oder die guten sind schon weg, keine Ahnung. Aber ich sage dir, wir finden einen. So geht das ja nicht.«

Und weg ist sie.

»Der arme Will!«, entfährt mir.

Sanni und Tini rollen mit den Augen.

»Hey, für meine Mutter kann ich nichts.«

»Eh nicht, aber das wird kein gutes Ende nehmen, sag ich dir«, meint Tini.

»Wieso?«

»Weiß ich nicht, ist nur ein Gefühl«, sagt sie.

Sanni stellt eine große Kerze in die Mitte der Tafel.

»So. Der Tisch ist fertig. Das Fest kann beginnen. Jetzt organisiert euer Sanni euch drei Hübschen einen Aperitif. Egal, was alle anderen tun, wir setzen uns in die Loungesofas. Es ist Weihnachten, meine Süßen«, lacht Sanni.

Sandra hat rote Backen.

»Du hast recht. Den Drink haben wir uns verdient«, sagt sie.

Und ich bringe Tom um - wann immer er daherkommt. Auch wenn das eventuell kein guter Plan ist, es ist ein Plan!

Puff! Und schon haben sie sich aufgelöst, diese rosa Wölkchen in meinem Kopf.

Ich würde das anders sehen: Puff, und schon bist du in der Realität gelandet. Filmstars sind es gewohnt, dass man auf sie wartet. Warum also nicht auch die eigene Verlobte?

Hör auf!

***

»Dass in dieser heißen Luft der Wein aber auch so schnell verdunstet! So ein Flascherl gibt ja gar nichts her«, beschwert sich Sanni und köpft die nächste.

Wir sind noch immer nur zu viert.

Sandra, Tini, Sanni und ich.

Cora ist auch verschollen. Weiß der Himmel, was sie treibt.

Schau einmal einer an. Selbst Sandra trinkt kräftig mit.

Ihre Arbeit ist für heute getan. Der von ihr engagierte Küchenchef hat mit fünf Helfern die Küche übernommen.

»Die Tafel sieht zauberhaft aus! Danke für eure Hilfe«, prostet uns Sandra zu.

Stimmt. Vor allem die vier goldenen Platten mit Weihnachtskeksen sehen lecker aus. Aber ich kann mich beherrschen. Speziell, nachdem ich dank der Medien nun auch meinen Hintern in allen Lebenslagen kenne.

Ich hasse Fotos von mir. Sie lösen bei mir Schnappatmung, Durchfall und Pickel aus.

»Nichts zu danken! Fröhliche Weihnachten«, kichern alle. Wir stoßen mit Sandra an.

Das ist mir einen Tick zu gemütlich.

Was soll das, Tom?

Ich sitze auf Nadeln. Wo bleibst du eigentlich?

Überhaupt, was denkst du dir dabei?

Gar nichts nehme ich an.

Aus jetzt.

Ich schicke Tom eine SMS.

>*Wo bleibst du?*<

Höflich geht anders. Wann glaubt er, dass das Weihnachtsfest mit der Familie heute beginnen soll? Um Mitternacht?

Es ist immerhin schon vier Uhr am Nachmittag.

>*Sind schon unterwegs. Haben noch James, Greg, George usw. getroffen. Fünfzehn Minuten. Love you, Babe*<

Na super. Und wenn er den Papst getroffen hätte!

Heute ist der Heilige Abend, nicht irgendein Tag.

»Ich glaube es ja nicht. Wir sitzen im Freien, Mara. Am vierundzwanzigsten Dezember. Also ich bin hin und weg.« Mein Sanni ist happy.

Na gut.

Ich will einmal ein Auge zudrücken. Tom kommt bald, also ist alles in Ordnung. Soll er doch Spaß haben mit Ben. Ich verstehe es ja.

Ach? Und schon wieder fällst du auf sein >Love you, Babe!< herein? Sehr standhaft! Zeugt von Rückgrat!

Wenn ich könnte, würde ich meine innere Stimme ignorieren!

»Jetzt möchte ich mal ´nen Toast aussprechen«, meint Sandra gutgelaunt.

Wir erheben die Gläser.

»Mara, du bist sowieso mein Sonnenschein, und ich bin froh, dass du nun zu meiner kleinen Wahlfamilie gehörst«, sagt sie lächelnd. »Aber Tini und Sanni, ihr seid auch wirklich eine Bereicherung. So viel gelacht habe ich die letzten fünfzehn Jahre nicht mehr. Herzlich willkommen in der Casa de Ocio, unserem Haus der Muße, und frohe Weihnachten!«

Er hat es *Haus der Muße* genannt?

Typisch Tom.

»Frohe Weihnachten«, antworten wir im Chor und stoßen schon wieder an.

Soll ich mir Sorgen über unseren Alkoholkonsum machen?

Mhm.

Sanni hüpft auf und drückt Sandra an sich.

Küsschen rechts. Küsschen links. Und mitten auf den Mund? Das macht er doch nur bei Tini und mir.

Sandra wird rot, sieht aber zum Abbusserln aus. So schön, dass sie sich auf Anhieb ins Herz geschlossen haben.

»Danke, Sandra. Das ist so süß von dir«, quietscht Tini.

»Jetzt erzählt ihr mir aber, wie ihr in Wien Weihnachten feiert«, bittet uns Sandra.

Kann sie haben.

Die Liste an Ritualen ist lang. Sowohl die meiner Familie als auch jene von Tini und Sannis Familien.

»Mara, Liebes! Wir haben einen wundervollen Weihnachtsbaum«, schreit Helena und biegt mit Guido und etwas Braunem unterm Arm um die Ecke.

Sannis Augen werden immer größer und ihm rinnen Tränen aus den Augenwinkeln. Ich folge seinem Blick.

Wäre Mama nicht ebenfalls in Sachen Christbaum unterwegs, fände ich es ja auch zum Lachen. Aber was mache ich jetzt?

Nichts.

Ich starre zur Glastüre.

Guido schleppt bereits einen Ständer dafür und stellt eine Palme direkt neben unsere Tafel.

Eine Palme!

Das Ding ist sicher drei Meter hoch und sieht gotterbärmlich aus! Dicker Stamm, aber nur ein paar Palmwedeln am oberen Ende.

Das soll ein Christbaum sein?

Wenn Mama den sieht, fällt sie in Ohnmacht.

Tom! Wo bitte bleibst du? Hilfe.

Super, es ist schon fünf Uhr.

Tolle Viertelstunde.

Helena schleppt einen Koffer heran und beginnt mit Feuereifer, Lametta, Kugeln und Ketten auf der Palme zu verteilen.

Sie hat auch extra aus Deutschland das ganze Zeug mitgeschleppt? Das ist ja unheimlich.

»Ich bin ja so froh, dass ich diese Palme gefunden habe. Die guten Bäume waren ausverkauft, und die meisten Händler hatten schon geschlossen. Doch da Helga so unglücklich war, haben wir uns für diesen entschieden.«

Ja, sie haben sich auf Anhieb verstanden, unsere Mütter.

»Er sieht toll aus, Helena. Wirklich!«, presse ich heraus.

Ich trink noch was.

Tini starrt in ihr Glas.

»I'm dreaming of a whiiite christmas«, singt Sanni aus vollem Herzen mit. Wie es scheint, hat er Toms Anlage gehackt und endlich die Weihnachts-Playlist gefunden.

Sanni umarmt Helena und tanzt mit ihr neben diesem ... Baum.

Tini hat feuerrote Wangen und Tränen in den Augen.

»Ich habs gewusst, dieses Weihnachtsfest wird etwas Besonderes«, lacht sie schelmisch und drückt mir einen Schmatz auf die Stirn.

Unser Küchenchef serviert formvollendet in schwarzer Hose, weißem Hemd und Chefhaube Horsd'œuvres.

Bitte, wenn ich jetzt nichts esse, weiß ich nicht, ob ich das offizielle Abendessen noch erlebe.

Das denken sich vermutlich auch Tini, Sanni und Sandra. Als seien wir am Verhungern, stürzen wir uns auf die kleinen Häppchen. Ich nehme mir ein Lachsröllchen.

»Habt ihr für mich noch ein Gläschen?«, will Guido wissen und strahlt uns aus seinen hellblauen Augen an.

Ich mag Toms Papa sehr.

Er ist so ruhig, aber im Grunde ein sehr ähnlicher Typ wie Tom. Sowohl er als auch Helena haben umwerfende blaue Augen. Aber hellere als Tom. Sein wundervolles Meerblau ist wohl der Mischung ihrer Gene zu verdanken.

Sanni macht einen Diener, quetscht »Sehr gerne, Sir« heraus und schenkt ihm ein Glas ein.

»Wo ist überhaupt mein Sohn?«, fragt uns Guido.

»Würde mich auch brennend interessieren«, sage ich.

Beherrscht, wie ich meine.

»Mara! Das darfst du erst gar nicht aufkommen lassen. Mach ihm Dampf! Schließlich ist heute Weihnachten.«

»Wie wahr, wie wahr, allerliebste Helena«, reimt Sanni und dirigiert in der Luft *Little Drummer Boy* von Bing Crosby und David Bowie.

»Miau!«
Was war das?
»Miau!«
»Sandra, haben wir hier eine Katze?«
Das wäre so süß!
Ich bin aufgesprungen, aber ich sehe nirgendwo eine Katze.
»Nicht, dass ich wüsste«, meint Sandra.
»Aber ich habe eine gehört, ganz sicher.«
»Ich denke, ich auch«, sagt Sanni.
Vielleicht hier in den Büschen?
Sanni sieht sich ebenfalls um.
»Miez, miez!«, ruft er.

»Meinst du, sie versteht Deutsch?«, lache ich.

»Keine Ahnung, aber ich sehe keine Katze«, sagt Sanni, während er die Äste von einem Busch nach dem nächsten zur Seite schiebt.

Wir suchen eine ganze Weile.

Aber da ist nichts.

»Na ja, vielleicht haben wir uns getäuscht«, sage ich.

»Hm. Sieht so aus«, meint Sanni.

Wir trotten zu Sandra und Tini zurück.

Schade.

Zu früh gefreut.

Muss wohl ein anderes Tier gewesen sein.

Ein kleines Weihnachtswunder

24. Dezember, später Samstagnachmittag

Mara

Wir stehen um den Baum versammelt.

Helenas Christbaum sieht ... gewöhnungsbedürftig aus.

Verschiedenfarbige Kugeln baumeln an goldenen Ketten von den Palmwedeln herab. Lametta und kleine Sterne verlieren sich etwas im Grün der Palmblätter. Dazwischen hängen Figuren. Als Christbaumspitze fungiert ein dicker weißer Engel mit goldenen Flügeln. Er thront unmotiviert am höchsten Punkt des Stammes und sitzt schief. Echte Kerzen hat die Palme auch keine.

»Ein Kunstwerk!«, flötet Sanni in Richtung meiner Schwiegermutter in spe.

Sannis Stirn glänzt.

Er scheint mir leicht betrunken zu sein.

Dafür amüsiert er sich gerade königlich.

Ich ja weniger.

»Er hat etwas vom Original. Meine Rede: in Betlehem gab es weder Schnee noch Tannen«, pflichtet ihm Tini bei.

Helena strahlt. Guido umarmt seine Frau, küsst sie auf die Wange und seine Augen blitzen schelmisch. Er hat im Rekordtempo zu unserem Alkoholspiegel aufgeschlossen.

»Nun, dann wird sich deine Mutter freuen. Jetzt hat sie ihren Weihnachtsbaum«, grinst Toms Papa.

Bin gespannt, wie Mama ihn finden wird.

Es ist halb sechs. Die Sonne ist am Untergehen.

Jetzt wirds aber langsam Zeit.

Mein Geduldsfaden ist dünner als das Engelshaar in Helenas Baum.

Nein, ich schreibe keine SMS. Ich rufe auch nicht an.

Ich bin stinksauer.

Von mir aus kannst du in der Strandbar übernachten, Tom! Vielleicht klopfst du bei einem deiner lieben Freunde an und bittest um Unterschlupf.

Ist ja zu blöd, dass du mich hier alleine herumsitzen lässt.

Übrigens: Wo ist Cora?

Mir doch egal.

»Miau!«

»Da ist *doch* eine Katze!«,

Ich springe auf.

Sie muss in den kleinen Büschen hier sein. Ganz sicher. Von da kam das Miauen.

Ich spüre es. Das ist ein Zeichen und dieses Tierchen wartet irgendwo auf mich.

»Diesmal habe ich es auch deutlich gehört«, sagt Sanni.

Noch einmal durchforsten wir das Buschwerk.

»Hier. Hier ist sie! Ist die herzig«, ruft er ein paar Meter neben mir.

»Nicht anfassen«, schreit Sandra hinter uns und läuft zu uns herüber.

Tatsächlich.

Unter einem orangefarbenen Hibiskusstrauch sitzt ein kleines Kätzchen. Die schwarzen Ohren gespitzt, fixiert sie uns mit ihren Kulleraugen. Aber sie läuft nicht weg.

»Sandra, schau einmal, die ist ja noch ganz klein und dünn«, sage ich und deute auf die Kleine.

Die Katze taumelt und kommt in unsere Richtung. Also Angst hat sie keine vor uns.

»Mara, die streunenden Katzen hier können alle möglichen Krankheiten haben«, meint Sandra.

»Kennst du einen Tierarzt, den wir anrufen könnten?«, frage ich sie.

Das kann ja nicht sein. Das arme Kätzchen ist mutterseelenallein. Wir müssen sie retten!

»Wartet, ich rufe bei Estefania und Miguel an. Bin gleich wieder zurück«, sagt Sandra und verschwindet in Richtung Haus. Hoffentlich erreicht sie Miguel und Estefania. Die beiden arbeiten hier, haben aber heute natürlich frei.

Die kleine Katze hat sich wieder hingesetzt und rührt sich nicht.

»Sanni, ich hole schnell ein wenig Milch aus der Küche.«

»Ist gut, ich bleibe hier. Hoffentlich läuft sie nicht weg.«

»Das musst du verhindern, ja?«

»Geh nur, ich schaffe das«, sagt Sanni und sieht die Kleine ganz verliebt an.

Dann besorg ich schnell etwas zum Fressen und Milch für das arme Kätzchen.

***

Ich bin hin und weg.

Ich habe eine Katze!

Ich kann es gar nicht glauben.

Mein süßer schwarz-weißer Stubentiger ist auf meinem Schoß eingeschlafen. Estefania hat einen jungen Arzt aus der Tierstation organisiert. Der junge Mexikaner ist tatsächlich sofort bei uns vorbeigekommen. Am Heiligen Abend! So nett.

Er hat den Kleinen untersucht. Nun weiß ich auch, dass das Kätzchen ein Er ist. Und zum Glück kerngesund. Das Tierchen hat nicht einmal Flöhe. Der Tierarzt hat ihm einiges an Medikamenten verabreicht. Zur Stärkung, wie er gesagt hat.

Ich darf ihn adoptieren. So nennen sie das hier. Der Arzt geht nicht davon aus, dass irgendjemand dieses Kätzchen vermisst.

Ich streichle den Kleinen. Er schnurrt.

Hach! Das ist das schönste Weihnachtsgeschenk der Welt. Ich habe einen kleinen Kater. Tini hat es ja nicht so mit Katzen. Sie ist mehr der Hundetyp. Aber selbst sie findet ihn herzig.

Doch Sanni ist aus dem Häuschen.

Wie ich.

»Behalten wir ihn, Engelchen?«

»Und ob. Das ist doch ein Weihnachtswunder, dass der Kleine uns gefunden hat. So entkräftet, wie er ist«, nicke ich.

Auch, dass er sich ganz offensichtlich von der ersten Sekunde an hier zu Hause fühlt.

»Wir haben einen Kater! Und ich bin sein Stiefpapa. Ist das zu fassen? Wie nennen wir ihn denn?«

»Hm.«

Ich betrachte das schnurrende Fellknäuel.

Seine schwarze Zeichnung ist wie von einem Künstler. Völlig gleichmäßig. Beide seiner Ohren sind schwarz. Auch der obere Teil des Kopfes und ein Stück der Nase. Sein Rücken, der Schwanz und die Beine auch. Nur sein Hals, sein Bauch und alle vier Pfoten sind weiß. Sieht aus, als sei er in einen Kübel mit weißer Farbe gefallen.

»Wie wäre es mit Whiskey?«, schlägt Sanni vor.

»Geh, Sanni!«, sagt Tini und lacht.

»Wieso, es gibt Black and White Whiskey?«, verteidigt er diesen unpassenden Namen.

Ich kann doch mein kleines Weihnachtswunder nicht nach einer Schnapsmarke benennen!

»Wir brauchen einen weihnachtlichen Namen, Sanni.«

»Jesus?«, grinst Tini.

Ich schüttle den Kopf.

»Wir nennen ihn Mogli!«, sag ich laut.

»Möchtest du Mogli heißen?«, fragt Sanni den schlafenden Kater.

»Er hat nicht Nein gesagt«, grinst er.

»Also dann! Darf ich euch allen vorstellen: unser neues Familienmitglied, Mogli!«, lache ich.

»Süß ist er, aber über ein Baby würde ich mich noch weit mehr freuen«, flüstert Helena mir ins Ohr.

Ja, ja!

Botschaft angekommen.

Der Mann dazu ist allerdings abhandengekommen!

Überhaupt stehen seine Chancen, mich jemals wieder ins Bett zu bekommen, äußerst schlecht. Um nicht zu sagen, sie tangieren die Null.

»Mag Tom Katzen?«, fragt Tini plötzlich.

»Ist mir egal«, murmle ich und streichle Mogli.

Müssen ja nicht alle in der Familie mitbekommen, dass ich am liebsten die Eingangstür verbarrikadieren würde, damit Tom und Ben draußen vor sich hin darben. Ich könnte auch einen Zaun aufstellen lassen. Ist grad in.

Der wird noch sein blaues Wunder erleben, sollte er sich heute noch blicken lassen.

Christbaum vs Weihnachtsbaum

24. Dezember, früher Samstagabend

Mara

»Was für ein Sonnenuntergang«, schwärmt Helena und steht mit einem Glas vorne am Rand des Pools.

»Stimmt. Dieses Gelb und Orange ist ein Hammer«, pflichtet Tini ihr bei.

Als ich klein war, war Sonnenuntergang das Zeichen, nach Hause zu kommen. Aber wie es aussieht, nicht für meinen Herrn Verlobten.

Sanni und ich spielen mit Mogli am Boden. Obwohl der Arme so ausgemergelt ist, jagt er einem kleinen Ball nach.

So süß, unser Kater!

Wenigstens habe ich jetzt ihn.

Will kommt zu uns auf die Terrasse.

Er fährt sich über die Glatze und sieht, gelinde gesagt, mitgenommen aus.

Aber ich liebe sein *Men-in-Black*-Outfit.

Wie viel Grad Außentemperatur es auch hat, Will trägt einen schwarzen Anzug, weißes Hemd und eine *Ray-Ban*. Sein bulliger, durchtrainierter Körper tut sein Übriges. Es würde mich nicht wundern, wenn sein Auftrag heute lautet, Cora in Schach zu halten. Wenn hier irgendjemand ein Außerirdischer ist, dann sie. Wobei sie wie Tom und Ben durch Abwesenheit glänzt.

Mama quetscht sich an Will vorbei, der sich achselzuckend umdreht und wieder ins Haus verschwindet.

»Ich hab einen Christbaum!«, ruft sie mir entgegen.

Gleich wird sie die Palme sehen.

Oje.

»Oh!« Mama schluckt.

Ihre Augen erinnern mich an die einer Kuh. Mama schaut aber nicht unschuldig und lieblich naiv. Nein. Demnächst fallen ihre aus den Höhlen, kugeln unter Helenas Weihnachtsbaum und erhängen sich an einer der herabhängenden goldenen Weihnachtsketten.

Papa hat diese Gefahr im Verzug in der Sekunde erkannt und legt ihr den Arm um die Schultern. »Ist das nicht nett. Helena hat die gleiche Idee gehabt.«

»Aber ... das ist ... ein Palme«, stammelt Mama.

Blitzgneißerin, deine Mama!

Beleidige meine Mutter nicht!

Ach! Ich darf nicht?

Ruhe.

»Helga, ich hab schon gesagt, diesmal sind wir ganz nah am biblischen Heiligen Abend dran«, kichert Tini.

»Bitte?«, keift Mama.

»Na ja, dreißig Grad, Palmen, Wüste und so halt. Gut, unsere Unterkunft steht in keinem Vergleich zum Stall, aber du musst zugeben, klimatechnisch ist das beinahe wie die echten Weihnachten«, erklärt sie weiter.

»Schnee, halb abgefrorene Ohren und Punsch werden eindeutig überbewertet«, schiebt Tini nach.

Meine Mutter hat demnächst einen Herzinfarkt.

Sie sieht auf den Kater, die Palme und mich.

Schüttelt den Kopf.

Murmelt irgendetwas Unverständliches daher.

Mit verschränkten Armen steht sie da und tut nichts!

Will schleppt ihren Baum auf die Terrasse.

»Also ihr benehmt euch wie Kleinkinder! Müsst ihr am Boden sitzen?«, tadelt uns meine Mutter.

Wen meint sie? Sanni, Mogli und mich?

Sie war es, die jahrzehntelang verhindert hat, dass ich eine Katze haben darf. Angeblich ist sie allergisch. Und? Sie hat noch nicht einmal geniest. Oder ihre Augen gerieben.

Sie mag keine Katzen.

Das ist die Wahrheit.

»Also mir gefällt der kleine Kerl«, sagt Papa.

Danke!

Mama dreht sich um und läuft an ihm vorbei ins Haus.

Alle sehen mich fragend an.

Ich zucke nun auch mit den Schultern, drücke Sanni Mogli in die Hand und gehe ihr nach.

Die eisige Temperatur im Haus versetzt mir einen Schlag.

Okay. Jetzt denk ich wieder etwas klarer.

Klimaanlage sei Dank.

Aha. Mama scheint nach oben in ihr Zimmer gelaufen zu sein. Ich habe soeben gehört, wie sie die Türe zugeknallt hat.

Das kann ja heiter werden.

Tom, du wirst noch an einem der Christbäume baumeln, das schwöre ich dir!

***

Ich sitze auf Mamas Bett. Sie rennt im Zimmer auf und ab.

»Mama, wir sollten wieder zu den anderen gehen«, sage ich zu ihr.

»Ich bleibe hier. Dieser Zirkus hat doch nichts mit Weihnachten zu tun.«

Sie heult.

Sie bockt.

Sie ist aber nicht, wie sonst in solchen Situationen üblich, davongelaufen. Vermutlich nur, weil sie sich hier in der Gegend nicht auskennt.

»Na super. Tom kommt nicht daher, und du boykottierst unsere Feier, nur weil es nicht nach deinem Kopf läuft.«

»Mara, nur weil ich *die* bin, die Wert auf Tradition legt und für mich der Heilige Abend kein Tag für eine Party ist, bin ich jetzt die Böse?«

Mach irgendwas, sonst kommen wir aus diesem Teufelskreis nie mehr wieder heraus!

Super. Und was?

»Gut Mama, dann werde ich jetzt diesen Koffer hier nehmen, hinuntertragen und wie immer den Baum schmücken.«

»Mir egal«, keift sie.

Ich hebe das schwarze Monster hoch.

Das Ding ist sauschwer, aber ich gebe mir jetzt keine Blöße.

Ob sie Steine eingepackt hat?

Nur noch die Stiegen.

Oh! Scheibenkleister!

Der Koffer poltert die Holzstufen hinunter. Zum Glück ist er nicht aufgegangen.

Ups. Die letzte Stufe war zu viel des Guten.

Auweia.

Ich sprinte nach unten. Ui, da ist aber einiges zu Bruch gegangen.

»Mara! Sag nicht, die Glasengel von Omi sind kaputt?«, schreit meine Mutter von oben.

»Wenn du die Originale eingepackt hast und nicht Billigkopien aus China, dann leider doch.«

Meine Mutter heult auf und rast die Treppe herunter.

Wer reist bitte rund um den halben Erdball mit Engeln aus Glas im Gepäck? Glaubt sie an Wunder?

Helena saust daher.

»Helga! Och, was ist denn hier passiert?«

»Mir ist der Koffer mit Mamas Weihnachtsdeko leider die Stiegen heruntergefallen«, kläre ich sie auf.

Meine Mutter steht da, hält ein paar Teile in der Hand und schluchzt.

»Na komm, ich hole mal etwas für die Scherben. Vielleicht kann man diese süßen Engel noch kleben.«

»Tut mir leid, Mama. Aber leider ist diese Blechdose auf die Glasfiguren gefallen.«

Diese Dose wiegt auch einiges.

»Das ... ist ... meine ... Weihnachts ... bäckerei!«

»Nicht dein Ernst, oder? Du hast eine riesige Schachtel voll Keks mit? Du weißt schon, dass du sie geschmuggelt hast?«, sage ich.

»Aber ich wollte euch doch nur ... eine Freude machen.«

»Hör ich Weihnachtskeks, Helga?«, fragt Sanni.

Sanni scharwenzelt mit Mogli am Arm ums Eck. Er setzt den Kater ab, der eine Weihnachtskugel anvisiert und sie mit der Pfote wegschubst.

»Ja, hier.«

Ich drücke Sanni die Blechdose in die Hand. In der Sekunde öffnet er sie und stibitzt ein Keks.

»Wo ist denn diese Katze überhaupt her?«, will Mama wissen.

Ah! Auch schon draufgekommen?

Ich erzähle ihr von meinem kleinen Weihnachtswunder.

Mogli tappt zu mir. Ich hebe ihn hoch. Nicht dass er sich am Ende an einer der Scherben verletzt.

»Du wolltest schon immer eine Katze? Also das habe ich gar nicht gewusst«, sagt Mama verwundert.

Ich pack es nicht. ›Eine Katze‹ stand jedes Jahr als erster Wunsch in meinem Brief ans Christkind. Hat sie die nie gelesen?

»Mmmh, Helga! Deine Florentiner sind einfach die besten der Welt! So ein Glück, dass du sie mitgebracht hast«, schmatzt Sanni.

Merkt er nicht, auf welch dünnem Eis wir uns bewegen? Die Stimmung meiner Mutter passt perfekt zum Nordpol.

Merkst du nicht, wie deine Mutter sich von Sanni gebauchpinselt fühlt?

»Siehst du, Mara, wenigstens einer, der meine Backkünste zu schätzen weiß.«

Sie grinst über beide Ohren, keine Spur von ›Weihnachten fällt aus, die Sache mit der Katze ist eine blöde Idee‹ oder ›Weihnachten ohne Winterzauber ist nichts‹.

Sanni hält nach wie vor die Keksdose eng an seine Brust gedrückt.

»Bitte, Sanni. Sei so lieb und leg Mamas Kekse schön auf eine Platte«, sag ich.

Sanni nimmt sich ein Kokosbusserl und mampft.

»Wenns sein muss«, meint er und geht.

Mama lacht hell auf.

Helena ist mit einem kleinen Kübel, Besen und Schaufel zurück.

Ich gebe ihr den Kater und nehme ihr stattdessen die Sachen ab.

»Wisst ihr was? Geht ihr doch bitte in die Küche, und ich mach das, ja?«, schlage ich vor.

Mir ist lieber, ich kehre alleine zusammen.

Helena will etwas erwidern, aber ich deute ihr hinter Mamas Rücken: *Bitte!*

Sie hat verstanden, drückt Mogli an sich und hakt sich mit dem freien Arm bei meiner Mama unter.

»Komm Helga. Wir sehen mal in die Küche.«

Puh.

Oh Mist.

Meine Mutter dreht sich um und kommt zurück.

»Mara, du musst Omis Engel sofort kleben! Weißt du überhaupt, wie lange ich die schon habe?«

»Seit der industriellen Revolution?«

»Nicht frech werden, junge Dame. Schau lieber, dass du irgendeinen Glaskleber auftreibst.«

»Mach ich.«

»Gut.«

Sie dampft ab.

Ich hätte es wissen müssen: Weihnachten mit mehr als drei Personen und einem Überhang an Frauen kann nur in einer Katastrophe enden.

So gesehen kein Wunder, dass die Heiligen Drei Könige Männer waren. Wären es Frauen gewesen, hätten sie sich nicht einmal rechtzeitig einigen können, wie sie sich für die lange Reise anziehen oder welche Willkommensgeschenke sie für das Jesuskind einpacken. Man muss aber auch wirklich sagen, Weihrauch, Myrrhe und Gold sind echt ein Wahnsinn für ein Baby. Wer macht denn so etwas?

Strampler, Schnuller und vielleicht eine warme Decke scheinen jedenfalls keinem der Herren in den Sinn gekommen zu sein. Aber eine Damenrunde wäre möglicherweise gar nie in Betlehem angekommen. Zumindest nicht, wenn ich ihrer Reise meinen persönlichen Sinn für Orientierung zu Grunde lege.

Einem Kometen nachlaufen! Ich habs probiert. Egal, wo ich hingerannt bin, der Halleysche Komet war über mir. Wie soll so ein Komet eine Richtung vorgeben?

Ist mir bis heute ein Rätsel, wie das gegangen sein soll.

Heute muss ein besonderer Tag sein. So viel Einsicht und eine Katze? Halleluja!

Pff!

Weihnachtskekserln (Plätzchen) für alle

24. Dezember, früher Samstagabend

Tini

Sandra hat uns vor dem frühzeitigen Aus am Heiligen Abend bewahrt. Mit Kaffee und jede Menge Wasser für alle ist sie gegen unseren Weinkonsum angetreten.

Nun gehts bedeutend besser. Die Häppchen waren auch nicht übel.

Langsam wird es ernst mit unserem Weihnachtsdinner.

Helena und Guido sind bereits abgerauscht und ziehen sich oben um. Helgas Weihnachtskekserln sind der Renner. Bloß Mara ist stinkig drauf und dekoriert wortkarg mit Helga den Baum im Wohnzimmer, während Mogli mit allem Möglichen neben ihnen spielt. Der Kater ist eine Wucht. Tut so, als lebte er bereits seit Jahren hier.

Sandra hat ihm im Erdgeschoss ein richtiges Katzenzimmer eingerichtet. Mit Korb, Decke, Kisterl mit Sand und kleinen Näpfen mit Milch und Fressen. An sich war es ein Ruheraum mit zwei Liegen und einem Fernseher. Jetzt sind es die heiligen Gemächer der heiligen Katze des Hauses!

›SOS Tom! Dein Typ wird hier gebraucht. DRINGEND!!! LG Tini‹

Ich drücke auf *Senden*. Hoffentlich taucht er bald auf, sonst geht das heute schief.

»Okay, Sanni. Und jetzt?«, frage ich ihn.

»Ganz einfach. Husch, ab aufs Zimmer und umziehen! In Jeans und T-Shirt sitzt mir heute Abend keiner an der Tafel. Sandra, Süße, du auch nicht!«, sagt Sanni.

Er will uns nach oben treiben, aber noch stehen wir neben Helgas Christbaum.

»Mogli nehme ich mit«, sagt er und herzt den Kater.

Mara grinst.

»Ja, Papa. Jetzt passt du auf ihn auf«, lacht sie.

Der Kleine ist auf Sannis Arm eingeschlafen. Mara und Helga begutachten ihr Werk in der Lobby. Christbaumkugeln, Strohsterne, Engel in jeder erdenklichen Ausformung und Farbe liegen neben dem offenen Koffer herum.

Dieser *Charlie Brown Tree* soll ein Christbaum sein? Da lachen ja Ochs und Esel.

Echt, ich finde die Palme lustiger.

»Tini! Sieht der nicht schön aus?«, will Helga wissen.

Ist Maras Mama auf Drogen?

Ich kenne ihre Christbäume der letzten Jahre. Kein Vergleich!

Der hier sieht aus wie Strauch, der zu nahe an einer Hauswand dahinvegetiert hat. Eine Seite ist kahl, die andere völlig unregelmäßig. Keine Ahnung, welches Gebüsch das überhaupt sein soll, aber Tanne ist das keine.

Völlig zufällig hängen traditionelle Strohsterne neben modernen Kugeln zwischen Süßigkeiten. Ebenfalls recht unmotiviert hängen von ein paar Ästen Sprühkerzen und in fransiges Papier gewickeltes Konfekt. Ganz oben steckt ein goldener Spitz auf dem Stamm.

Ich kann nicht, aber ich will auch ein Christbaum werden, wenn ich groß bin.

Danach sieht mir das aus. Ich hoffe nur, Tom ist leicht betrunken, wenn er zurückkommt, und bemerkt dieses Ding hier direkt in der großen Eingangshalle mit der Loungelandschaft erst gar nicht.

»Wunderschön, Helga. Dieser Baum hat … so viel Persönlichkeit!«, sage ich.

Wirklich lügen kann ich auch nicht.

Sanni lacht neben mir laut auf.

Helga stemmt die Hände in die Hüften.

»Willst du damit sagen, die ganze Mühe war umsonst, Tini?«, fragt sie forsch.

Ja. Will ich.

Trau ich mich aber nicht.

»Überhaupt nicht. Er ist wirklich ... toll«, sage ich.

»Helga, Helga, Helga! Dein Bäumchen hier im Eingang ist das Tüpfelchen auf dem i. Jeder, der zu Besuch kommt, sieht augenblicklich, dass wir Österreicher unserem jahrhundertealtem Motto bei der feindlichen Übernahme von Territorien treu geblieben sind.«

»Bitte?«, kreischt Helga auf.

Sanni blinzelt und wischt sich Tränen aus den Augenwinkeln. Meine Augen dagegen weiten sich spürbar.

»Ich sag nur: Tu Felix Austria nube!«, quiekt Sanni.

Ich kann nicht mehr. Meine Seite sticht vor lauter Lachen. *Du glückliches Österreich, heirate!* Diesen Ausspruch an Helga zu richten, ist echt mutig.

Oh. Sie lächelt bis über beide Ohren.

Mara kichert.

»Und jetzt möchte ich dich in einem rauschenden Abendkleid sehen, Helga. Am besten in Rot. Steck die Haare auf, greif in den Farbtopf und erscheine als Kaiserin zu unserem Festmahl. Und bitte sag Horst, ein Anzug wäre fein«, meint Mister Oberstylist.

Das alles geht nur bei Sanni.

Mara und ich wären ungezogene Gören. Aber Sanni ist ein Mann. Und gegen männlichen Charme ist Helga machtlos. Männer haben bei ihr Narrenfreiheit.

Sie watschelt von dannen.

»Keine Ballerinas!«, ruft er ihr nach.

»Nei ... ein!«, flötet sie von der Treppe herab.

»Warum keine Ballerinas?«, fragt Mara.

»Engelchen. Nichts für ungut, aber du kennst den Hallux deiner Mutter?«

Mara und ich nicken gleichzeitig und prusten los.

Klar! Ist ja nicht zu übersehen.

»Keine Augenweide, wenn es die armen Schühchen vorne auseinanderdrückt, sag ich nur«, meint Sanni und küsst Mogli.

Ich zerplatze gleich.

Mara ist sprachlos.

»So, husch. Macht euch fertig.«

Er schmust den Kater ab und deutet uns, zu gehen.

Mara umarmt uns beide.

»Wenn ich euch nicht hätte! Danke!«

Ich drücke sie auch und spüre, wie schnell ihre Atmung geht.

Ihre Augen schimmern mit einem Mal traurig. Offensichtlich ist ihr gerade wieder eingefallen, dass Tom und Ben noch immer nicht dahergekommen sind. Ich bin auch stinkig auf die beiden.

»Komm, du ziehst dich jetzt hübsch an. Tom wird sicher bald hier sein. Ich denke, er muss auch einmal Spaß haben und nicht immer nur funktionieren müssen. Er ist bestimmt um sieben Uhr da«, tröste ich sie.

»Dein Wort in Gottes Ohr, Tini.«

»Engelchen, als dein Haus- und Hofstylist habe ich dir bereits zwei Outfits vorbereitet. Tom wird staunen, und keine Sorge, der Kleine ist bei mir bestens aufgehoben.«

Sanni liebt diesen Kater. Das sieht man.

Seine neuen Rollen als Maras Stylist und Katzenpapa stehen ihm. Ich verstehe ihn sogar. Der kleine Fellbausch ist wirklich superherzig, und für Tom und Mara arbeiten zu dürfen ein echtes Geschenk.

Auch ich bin mit meinem Job bereits einen Schritt weiter. Aber die zwei waren so im Stress, dass ich ihnen meine Ideen noch gar nicht vorstellen konnte. Na ja, wird schon werden.

Außerdem bin ich gespannt, wie Cora heute Abend drauf sein wird. Also meine zweite beste Freundin wird sie nie, dieses durchtriebene Luder. Tom ist, was sie betrifft, viel zu großzügig.

Andererseits haben sie all die Jahre Weihnachten gemeinsam gefeiert, warum sollte das dieses Jahr anders sein? Wir müssen das Beste daraus machen.

Wenigstens ist Tom seinen Gips am Arm los, und die ganze Welt weiß von der Verlobung. Somit sind die Spuren des bösen Unfalls nicht mehr zu sehen und Mara unantastbar.

Dass Cora im Gästehaus wohnt, findet sie wenig prickelnd. Nur unter Protest hat sie sich Toms Wunsch gefügt. Mich wundert aber, dass sie noch nicht aufgetaucht ist. Seltsam.

Egal. Rauf ins Zimmer und ab ins Abendkleid. Ich bin ja wirklich gespannt, was der Abend bringen wird.

Wahnsinn. Toll, was Sanni mir zusammengestellt hat. So eine schöne Robe. Bodenlang. Richtig edel.

Ich finde diesen pudrigen Nudeton sehr hübsch. Einen tollen Ausschnitt hat es auch. Und die hohen Pumps erst. Sie funkeln in Rotgold. Wow.

Sanni hat echt super Sachen für mich ausgesucht. Er mausert sich!

Ob es Ben gefallen wird?

Hm.

Weihnachtsdinner mit kleinen Pannen

24. Dezember, früher Samstagabend

Mara

Wir sitzen hier wie bestellt und nicht abgeholt herum.
Bedauerlicherweise stimmt das.
Drei Plätze an der langen Tafel sind leer.
Tom, Ben und sogar Cora fehlen.
Dabei ist es jetzt halb acht Uhr. Die Sonne ist vor über einer Stunde untergegangen. Das künstliche Licht verwandelt die Terrasse, den Pool und den Garten in eine an sich zauberhafte Kulisse. Aber der Zauber erreicht mein Herz nicht.
Mogli schläft auf Toms Sessel.
Recht so.
Ich streichle ihn. Das beruhigt meine Nerven. Vermutlich sieht man mir meinen Ärger an.
Ich kann es immer noch nicht fassen! Ich habe einen Kater. Einen Kater, den ich Tom noch nicht einmal habe zeigen können. Weil er noch immer nicht aufgekreuzt ist! Weil er unser erstes Familienfest sabotiert. Gemeinsam mit Ben. Wenn ich die beiden in die Finger kriege, dann …

»Ähm, Kindchen, wann singen wir *Stille Nacht, Heilige Nacht*?«, will Mama plötzlich wissen.
Meine und Toms Eltern versuchen krampfhaft, die peinliche Situation locker wegzuplaudern. Ich bin schwer beschäftigt, meine Tränenflüssigkeit unter Kontrolle zu halten.
»Wann immer du willst, Mama.«

Tom! Zuerst alle einladen und mich dann sitzen lassen. Echt, so nicht. Ich liebe dich, aber so gehst du nicht mit mir um!

So geht niemand auf dieser Welt mit mir um.

Und du meinst, das wird ihm Angst einjagen? Ich sag nur: Cora ist nicht hier. Tom ist nicht hier. Und geschrieben hat er dir seit zwei Stunden auch nichts mehr. Eins und eins ist …? Du bist dran.

Pff! Und ich habe gedacht, meine dumme innere Stimme macht wenigstens zu Weihnachten Pause.

Cora und Tom?

So ein Schwachsinn. Niemals. Er hat doch selbst gesagt, mit Angestellten hat er nie etwas angefangen.

Kunststück. Ihm sind ja alle Schönheiten Hollywoods auf den Leim gegangen. Auch wenn Cora gut aussieht, aber seine Schauspielerinnen und Models waren eindeutig noch viel hübscher.

Ach, jetzt ist Tom also oberflächlich? Und bei dir hat er sich in was verschaut? Die Botox-freie, natürliche Haut mit leichten Lachfältchen um die Augen? Die Latinafigur mit einem völlig natürlich gewachsenen, etwas dickeren Hintern?

Still!

Den Celluliteansatz an den Oberschenkeln?

Ich habe überhaupt keine Orangenhaut.

Stimmt. Man sieht sie noch nicht, aber ich kann sie bereits fühlen.

»Mara! Singen wir jetzt? Ich könnte auch wie zuhause aus der Bibel vorlesen.«

»Mama, bitte!«

Demonstrativ zieht sie das *Neue Testament* aus der Handtasche und legt es auf den Tisch. Spannend. Wenn sie das ganze Jahr über so beflissen in die Kirche laufen würde, wäre ich die Letzte, die meckert. Aber so? Verwendet sie die heilige Keule, um alle Marionetten nach ihrem Drehbuch tanzen zu lassen! Hmpf.

»Helga, das ist eine schöne Idee. Als Tom ein kleiner Junge war, las Guido die Weihnachtsgeschichte auch jedes Jahr vor. Würde es dir etwas ausmachen, wenn er liest? Wie früher?«

Ui, meine Mama zuckt zusammen.

Papa sieht sie gespannt an.

»Klar, gerne. Hauptsache wir haben hier irgendeine Art von feierlicher Stimmung. Also ich finde es ja ungebührlich, dass ...«

Papa tätschelt Mama den Arm.

»Helga! Wir warten alle auf Tom. Am allermeisten Mara. Aber die Situation wird nicht besser, wenn wir uns deshalb in die Haare kommen. Also mein Vorschlag lautet: Wir essen jetzt die Vorspeisen und um Punkt neun Uhr singen wir und Guido liest vor. Egal, wer dann hier ist oder nicht.«

»Horst, ich danke dir. Mir ist es auch sehr unangenehm, dass Tom sich dermaßen rücksichtslos verhält. Ich habe keine Ahnung, was in ihn gefahren ist. Aber so machen wir es«, sagt Guido.

Toms Vater malmt mit den Zähnen. Sieht aus, als sei auch er ziemlich sauer.

Helena entwischen ein paar Tränen.

»Ich ... ich habe mich so auf diesen Abend mit euch gefreut. Endlich sind wir wieder eine Familie. Ich kann ... Tom nicht ...«

Sie plärrt.

Ich mit.

Sandra springt auf und läuft ins Haus.

Will erhebt sich ebenfalls. Bis jetzt ist er schweigend dagesessen.

»I'll go and get him.«

Ich blinzle ihn dankbar an.

Zum Glück ist er mit uns nach Mexiko gereist. Jason, Toms zweiter permanenter Bodyguard, hat sich Urlaub genommen und feiert mit seiner Familie. Irgendwo in Idaho. Oder war es Iowa? Einerlei.

»Good idea. Thank you, Will«, murmle ich.
Will geht.

Plötzlich kommt ein Mann zu uns auf die Terrasse.
Sandra geht hinter ihm her. Ihre Mundwinkel sind nach unten gezogen. Helena und Guido grüßen ihn.
Nicht unbedingt einer ihrer Lieblinge, wie es aussieht.
Wer ist denn das nun wieder? Der Typ ist mir spontan unsympathisch. Groß. Hager. Brünettes, langes Haar - zu einem Pferdeschwanz im Nacken gebunden. Durchtriebene Augen.
Ich glaube, an seinem Blick ist etwas faul.
»Hello, everybody!«, meint er, als sei er hier zuhause.
Alle sagen kurz, »Hallo.«
»Sorry, but you are - *who*?«, frage ich ihn.
Ungeheuerlich!
Ohne zu fragen, setzt er sich auf Bens Stuhl.
»Mara, excuse me. I am Jérôme. Aidens spiritual coach.«
»Oh.«
Oweia! Tom hat einen Glaubenstrainer? Ist er heimlich durchgeknallt? Eher unheimlich. Und der Typ kennt mich?
»And you are here - *why*?«
Die W-Fragen beherrsche ich. Ich bin Journalistin.
»Oh, I was nearby, so I thought, I drop in for a little chat.«
Ein Schwätzchen? Am Heiligen Abend? Und da kommt er auf uns?
Ich sehe in die Runde.
Anscheinend überlassen sie es mir als Hausherrin mit diesem Guru fertig zu werden. Sehr umsichtig. Das auch noch.
Frech bedient er sich an den Getränken.
»Okay, so you are a spiritual coach. And you believe in - *what*?«
»Cheese, your aura is so aggressive, Mara. Calm down.«
Mir stockt der Atem.

Meine Aura ist aggressiv?

Ich zeig ihm gleich, was meine Aura alles zuwege bringt!

»And I suppose, you have a problem with your karma! Or why don't you celebrate christmas with your family? Don't you have any?«, blaffe ich ihn an.

»Christmas? Thats just a day like any other. I don't believe in that odd Jesus-Story.«

»Bitte?!«, kreischt Mama auf.

Englisch versteht sie nicht sonderlich gut. Aber *das* hat sie gecheckt.

»Hat er gesagt, er glaubt nicht an Jesus?«, schreit sie mich an. Mich!

»Ja, Mama. Sieht so aus.«

»Er soll auf der Stelle gehen. Mit so jemandem will ich am Heiligen Abend nicht an einem Tisch sitzen«, pfaucht meine Mutter.

Helena und Guido schweigen - wie alle anderen auch.

»I think, I really have to talk to Aiden about the energy of your familiy«, sagt dieser Idiot mit einem drohenden Unterton.

Ich wachse über den Tisch.

»Our energy? Our energy is great«, brülle ich in sein Gesicht.

Er lehnt sich zurück und trinkt Wein.

Dieser Blick! Ich kann nicht mehr.

Wirf ihn doch raus! Oder worauf wartest du?

»You leave. Immediately«, schreie ich und zeige in Richtung Ausgang.

»Gibs diesem Idioten, Mara«, sagt Mama und springt auch auf.

»Mara. Keep calm. I am sure, we can work on your problems.«

An meinen Problemen will er mit mir arbeiten? Gleich braucht er einen Therapeuten. Physio, nicht Psycho! Ich tu ihm was!

»You leave!«

»Better *you* leave, Mara. You are no good for Aiden«, faucht dieses A... leise.

Meiner Mutter plumpst das Weinglas in den Glastopf mit Sangria, den Sandra erst vor ein paar Minuten auf den Tisch gestellt hat.

Jérôme springt auf. Er ist von oben bis unten mit Rotwein und ein paar Orangenscheiben voll.

»You guys are *mad*!«, schreit er völlig unspirituell.

Ich baue mich vor ihm auf und deute Hörner auf meiner Stirn an.

»Yes, we are. I am Miss Devil!«

Er spuckt mir vor die Füße.

»Und du gehst jetzt, aber flott, bevor ich mich vergesse!«, brüllt ihn Mama an.

»Raus!«, schreien Papa und Guido gleichzeitig und packen ihn am Arm.

Er zuckt zusammen.

»You will pay for that«, brüllt er, reißt sich los und läuft davon.

Ich kippe ein Glas Wein.

Und koche.

Vermutlich raucht meine Wut sogar aus meinen Ohren heraus.

»Bitte! Setzt euch wieder. Wir vergessen das«, sage ich.

»Ungeheuerlich«, meint Helena.

»So eine Sauerei«, sagt Mama.

Ich schenke mir nach und hebe mein Glas.

»Auf die gute Energie unserer Familie. Fröhliche Weihnachten!«

Diese Nacht ist weder still noch heilig

24. Dezember, Samstagabend

Mara

Wir stehen in der riesigen Lobby. Vor uns ist Mamas Christbaum.

Helena hat heroisch darauf verzichtet, dass wir neben ihrer Palme singen. Plötzlich liegen da jede Menge Packerln herum. Mamas Astwerk ragt dürr dazwischen hervor. Haben wir nicht ausgemacht, dass wir uns gar nichts schenken? Weil wir uns Zeit gemeinsam schenken? Uns freuen, dass Tom seinen schrecklichen Unfall überlebt hat und wir uns verlobt haben?

Super. Wie es scheint, hab nur ich mich daran gehalten.

»Hast du davon gewusst?«, flüstert mir Tini ins Ohr.

»Nein. Ich hab nämlich keine Geschenke. Wie ausgemacht«, flüstere ich zurück.

»Ich auch nicht.«

Okay. Dann sind wir wenigstens zwei, die am Ende blöd dastehen werden.

Sanni zündet die Kerzen an.

Die echten.

Mit den amerikanischen Lichterketten steht Mama auf Kriegsfuß. Das sei nichts, hat sie gemeint. Nun kommen die Sprühkerzen an die Reihe.

Mir ist mittlerweile echt alles egal. Ich halte mich an meinem Champagnerglas fest und konzentriere mich nur darauf, in meinen zehn Zentimeter hohen, goldenen Sandalen nicht umzukippen. Aufgabe genug.

Wenigstens habe ich Mogli. Der schläft allerdings tief und fest in seinem Körbchen nebenan. Ich drehe das Licht ab.

Mein Vater sucht den richtigen Ton. In seiner Jugend war er in einem Männergesangsverein. Im Gegensatz zu Mama und mir findet er ihn auch.

Papa stimmt *Stille Nacht* an.

Wir stehen um den Baum herum und stimmen ein.

»... alles schläft, einsam wacht ...«

Die schwere Holztüre wird aufgerissen. Tom stolpert herein.

Hinter ihm Will, Cora und Ben.

Ben hat eine Gitarre um den Hals geschnallt.

»Ah! Da kommen wir doch gerade recht«, grinst Ben und spielt aus dem Stand ein paar Akkorde.

Ich starre sie an.

Habe einen Frosch im Hals.

Sprechen geht nicht.

Tom schmust mich ab, als gäbe es kein Morgen.

Ich wehre mich.

»Fröhliche Weihnachten, Babe! Sorry, aber wir haben ... etwas die Zeit übersehen!«

Soll ich ihm hier vor allen eine knallen? Zu Weihnachten?

Cora kracht flach auf den Boden. Direkt vor die Geschenke. Guido kniet sich hin und hilft ihr auf.

»Oh danke, hicks, wie lieb von dir, Guido.«

Himmel! Die ist ja sturzbetrunken.

Sie wackelt auf ihren Stöckeln hin und her.

Ben beginnt noch einmal mit *Stille Nacht* von vorne.

Mama tätschelt Tom die Wange und strahlt.

Spinnt sie? Jetzt wäre es meiner Ansicht nach durchaus angebracht, ihn richtig anzukeifen. Aber nein.

Mein Papa singt laut los, der Rest auch.

Bitte. Dann singen wir.

Ich ignoriere Tom und starre auf die brennenden Kerzen am Baum.

Endlich ist das Lied zu Ende.

Ben macht weiter. Mit seiner Version von *Drummer Boy*.

In Boots, Lederjacke und Jeans steht er vor dem Baum und singt sich weg.

Tini und Sanni schunkeln dazu. Mit ihren Champagnerflöten in der Hand. Sogar meine Mutter schwingt den Po im Takt.

Bin ich die einzige, die das alles unerhört findet? Platzen herein und tun so, als sei das die normalste Sache der Welt.

Tom vergräbt sein Gesicht im tiefen Ausschnitt meines goldenen Palettenkleids. Danke Sanni. Tolle Wahl.

Sucht er Nüsse?

Die habe ich nicht einmal angerührt. Wegen der Figur. Mache ich nie mehr wieder, Tom!

Ich stelle mich einen Meter von ihm weg.

Papa schenkt allen nach.

Champagner.

Der letzte Akkord verklingt.

»Ben, könntest du vielleicht noch *White Christmas* für mich spielen?«, fragt Tini.

»Für dich spiele ich alles, meine Süße«, lacht er und küsst sie mitten auf den Mund.

Sanni fällt das Glas zu Boden. Cora setzt sich zu den Scherben. Wie es aussieht, kann sie nicht mehr stehen.

Tini und Ben?

Leicht angeheitert, wie Ben ist, kann das gefährlich werden.

Ach. Schon vergessen, in welchem Zustand Tom dich im Hotel in Barcelona vorgefunden hat? Oder dass du ihm als Liebesbeweis sein Klo vollgekotzt hast?

Schon einmal etwas von gewollter Amnesie gehört?

Ich … erinnere … mich … nicht!

Cora sitzt noch immer auf dem Boden und lacht hysterisch. Sanni bemüht sich, sie hochzuheben.

Bens letzter Ton verhallt.

»So, da wir nun alle hier sind, bitte, lieber Guido: die Weihnachtsgeschichte«, sagt Mama - mehr im Befehlston. Als ob die noch einer brauchen würde.

»Gerne.«

Guido nimmt die Bibel und beginnt zu lesen.

Helena, Mama und Papa starren andächtig ins Nirwana. Sanni kämpft mit Cora und schubst sie in einen Stuhl. Sandra laufen Tränen über die Wangen.

Will steht mit verschränkten Armen da. Ob er sich über unsere Familie wundert?

Und ich stelle fest, dass alle Bonbons, die wir in fransiges Papier gewickelt und aufgehängt haben, verdammt nahe an den darunterliegenden Kerzen hängen. Ich darf nicht vergessen, sie später umzuhängen.

»Honey, was ist?«, motzt Tom neben mir.

Geradezu hündisch folgt er mir. Vermutlich, weil ich immer wieder seine Hände wegschiebe.

Echt.

Was glaubt er eigentlich? Crasht Weihnachten, und jetzt soll ich auf verliebt machen? Seine Fummelei an meinem Hintern kann er sich sparen.

»Nichts«, keife ich ihn leise an. »Pst! Dein Papa liest, Tom. Hör zu.«

Er nickt und zuckt mit den Schultern.

Endlich!

Guido ist fertig. Mama, Helena und Sandra wischen sich das eine oder andere Tränchen weg.

Alle fallen einander um den Hals und wünschen frohe Weihnachten.

Mach ich halt mit.

»I love you, Babe! Merry christmas!«

»Ich lieb dich auch. Bloß jetzt gerade nicht, aber trotzdem, frohe Weihnachten«, zische ich Tom ins Ohr.

»Babe!«

Er zieht mich an sich und plötzlich spüre ich seine Zunge in meinem Mund.

Er schmust mit mir? Hier? Jetzt? Ja, gehts noch?

Ich versuche, ihn wegzuschupfen.

»Helena, fröhliche Weihnachten«, sage ich laut und umarme sie.

Mir egal, was sich Tom denkt. Ich feiere jetzt Weihnachten. Und zwar so, wie ich es gewöhnt bin.

Bis auf Tini habe ich alle durch.

»Frohe Weihnachten, Tini! Und pass auf, was du mit Ben anstellst«, flüstere ich ihr ins Ohr.

»Ich? Gar nichts.«

Verstehe.

»Ich schlage vor, wir gehen nach draußen«, meint Sandra.

Alle nicken und trotten ihr nach.

Ich bin froh, dass keiner begonnen hat, die Geschenke zu öffnen.

Urpeinlich!

So viel zur Handschlagsqualität in dieser Familie.

Tom folgt mir und hat schon wieder seine Hände irgendwo an meinem Körper.

»Lass das!«

»Aber du siehst so heiß aus, Babe.«

»Ich sehe weihnachtlich aus, falls du mit dem Wort Weihnachten etwas anfangen kannst.«

»Sei nicht sauer.«

»Bin ich nicht.«

Er setzt einen Dackelblick auf.

»Tom, ich hasse dich!«, pfauche ich und laufe auf die Terrasse.

Nein. Heute nicht. Ich werde nicht umfallen.

Außerdem steh ich auf Katzen, und nicht auf Hunde.

»Holy Shit! Der Baum brennt«, brüllt Ben.

Ich renne zurück in die Lobby.

Will kommt schon mit einem Eimer Wasser angelaufen und schüttet ihn auf Mamas Christbaum.

»Gar nicht schlimm, das war nur das Papier von einem der Zuckerln«, meint die Großmeisterin der Beinahe-Zimmerbrände in unserer Familie völlig schmerzbefreit. Nun da der Spuk auch schon wieder vorbei ist, kann sie sich diese Gelassenheit ja erlauben.

»Nicht auszudenken, das Haus hätte abbrennen können!«

Helena sieht nicht very amused aus. Klar, um ihren Baum hat sie ja auch eine elektrische Lichterkette gewickelt. Sie ist sich der Gefahr bewusst.

»Wie gut, dass Ben das gesehen hat, Mama.«

»Ja, Mara. So ein Glück. Dabei verstehe ich es gar nicht. Daheim passiert mir so etwas nie. Da hat alles seine Ordnung, aber hier?«

Stimmt.

Daheim brennt der Christbaum nie am Heiligen Abend ab. Da müssen wir schon bis Silvester warten. Aber zu dem Zeitpunkt steht bereits ein Kübel Wasser in Griffweite, weil Papa und ich vorbereitet sind! Und am sechsten Jänner, zu den Heiligen Drei Königen, wagen Papa und ich uns nicht einmal mehr einen halben Meter vom dürren Christbaum weg. Nur Mama sitzt gemütlich auf dem Sofa und versteht nicht, warum wir ihr beim Abgesang auf Weihnachten nicht stimmungsvoll Gesellschaft leisten.

Tom legt einen Arm um Mamas Hüfte und meint grinsend, »Dann schreiten wir jetzt doch einmal geordnet zum Weihnachtsdinner.«

»Oh, nein!«, jammert Helena plötzlich.

Wir fahren herum.

»Was?«

»Wir müssen die Geschenke in Sicherheit bringen. Zum Glück ist dieses hier trocken geblieben.«

Sie hält eines der Packerln in der Hand, quetscht es an ihre Brust und nimmt noch zwei andere mit nach draußen.

Jeder von uns hebt ein paar der Geschenke auf. Im Gänsemarsch verfrachten wir sie auf die Terrasse und legen sie unter die Palme.

Puh!

Wir setzen uns.

Unser Küchenchef hat offenbar erkannt, dass hier gar nichts normal läuft, und versucht uns abzulenken. Lang und breit erklärt er, was sein Team nicht alles für uns vorbereitet hat und demnächst servieren wird. Seine Angestellten schenken die Gläser voll.

Ben trinkt einen Schluck Wein im Stehen, schnappt sich wieder seine Gitarre und geht vor Tini auf die Knie.

»Woman, I can hardly express … my mixed emotions …«

Tom kniet sich ebenfalls nieder und gestikuliert wild zu *John Lennons Song* in meine Richtung.

Herrschaftszeiten.

Wie abgefüllt sind die beiden eigentlich?

Alle außer mir finden das gerade sehr unterhaltsam. Unsere Eltern haben sich wieder gefangen, plaudern und lachen mit Sanni, Will und Sandra. Vielleicht machen sie es auch nur, um den Abend zu retten.

Cora starrt ins Glas vor sich und pafft gerade zwei Zigaretten gleichzeitig.

Tom streckt die Arme nach mir aus und singt mit Ben gemeinsam: »I looove youuu. Now and forever.«

Der letzte Ton verklingt.

Tini wirft sich Ben an den Hals und bedankt sich mehr als überschwänglich für das Ständchen. Er sieht etwas verlegen aus und tut gar nichts.

Sie setzt sich wieder und ist leicht rot.

»Babe?«

Du kannst von mir aus versauern, Tom! Und - wenn du Lust hast - bis morgen vor mir am Boden herumrutschen und um Verzeihung flehen.

Möglichst desinteressiert inspiziere ich das neu aufgelegte Besteck.

Da biegt Mogli um die Ecke.

Ich springe auf und hebe ihn hoch.

»Was ist das?«, fragt Tom leicht pikiert.

»Ich habe ihn adoptiert. Er heißt Mogli.«

»Oh Mann, ich war wohl tatsächlich lange aus, was?«, meint Tom.

»Ein Vieh?«, quietscht Cora.

Ich ignoriere diese unqualifizierte Bemerkung.

»Ja, du hast in der Tat so einiges versäumt, Tom.«

Tom mustert den Kater.

»Und der bleibt?«, fragt er.

»Ja. *Der* bleibt. Bei anderen männlichen Wesen bin ich da noch nicht so sicher«, flüstere ich drohend in sein Ohr.

Er sieht mich fragend an.

Lass die Augenbrauen unten! Ich bin immun.

»Aber er wird nicht in unserem Bett schlafen, oder?«

Ich gifte ihn an. »Kommt auf dich an.«

Plötzlich nimmt er Mogli in den Arm.

»Sieh mal, Cora. Er ist süß, nicht?«

Und setzt Mogli auf ihrem Busen ab!

Bevor ich Mogli zu fassen bekomme, springt Cora brüllend auf. Der Sessel fliegt, Mogli fliegt, ihre Zigarette fliegt.

»Spinnst du, Tom?«, schrei ich und hechte mich auf Mogli.

Hab ihn.

Sein kleines Herz klopft wild.

»Armer, kleiner Kater«, beruhige ich ihn.

»Was war denn?«, fragt Tom irritiert.

»Dieses elende Vieh hat mich angepinkelt!«, kreischt Cora und heult.

»Dann geh dich halt umziehen«, keift Tini. »Wirst ja nicht gleich daran sterben.«

Das nächste Weihnachtsfest verbringe ich auf einer Insel.

Nur mit Mogli.

Ich schwöre es.

Liebling, wir müssen reden

24. Dezember, Samstagabend

Mara

Der Hauptgang ist verzehrt.

Traditionellerweise gab es Truthahn mit allen möglichen Beilagen. Cora ist frisch geduscht, umgezogen und taumelt nicht mehr im Sitzen.

Dafür bin ich mit Tom durch.

Soll er ruhig merken, wie zornig ich bin.

Kümmert mich nicht.

Plötzlich springt Tom auf, packt mich am Arm und zerrt mich ins Haus.

»Was willst du denn?«

»In unser Zimmer, auf ein Wort«, sagt er ernst.

Klingt bedrohlich.

Sehr gut. Jetzt geben wir ihm eine mit.

Ausnahmsweise hat meine innere Stimme recht.

»Kannst du haben, aber stell dich darauf ein, dass es von meiner Seite zwei oder drei werden.«

Hui! Ich bin in Rage.

Was glaubt er, wer er ist? Dass er mir Angst machen kann?

Er hat sich daneben benommen, nicht ich. Er hat sich noch nicht einmal wirklich entschuldigt. Und Jérôme verzeihe ich ihm nie.

Wir laufen nach oben.

Ich knalle die Tür hinter mir zu.

»Ich sag dir was, das war heute das Letzte! Mich so vor allen zu blamieren!«, schimpfe ich drauflos.

Er sieht mir direkt in die Augen.

Und schweigt.

Bitteschön.

»Und wer ist dieser Jérôme? Ja gehts noch? Du hast einen Spiritual Coach?«

»Also den hat in Hollywood wirklich jeder«, sagt er lapidar.

»Du jetzt nicht mehr!«, schreie ich ihn an.

»Ach. Und das bestimmst du?«

»Ja. Hab ich schon. Ich habe diesen Idioten nämlich rausgeworfen.«

»Er war hier?«

»Ja, was denn sonst? Oder glaubst du, ich habe mit meinen übersinnlichen Fähigkeiten seinen Astralleib ausgefragt?«

Tom grinst.

»Hör auf zu grinsen!«

»Reg dich ab, Mara. Ich habe ihn schon vor Monaten gekündigt.«

»Schau an. Und da überfällt er uns am Heiligen Abend?«

»Wundert mich selbst.«

Tangiert ihn scheinbar überhaupt nicht.

Vergiss nicht auf das Wesentliche!

Danke für die Erinnerung.

»Und überhaupt. Was glaubst du eigentlich? Lässt mich einfach sitzen?«

Seine Augen leuchten spitzbübisch.

Nein, darauf falle ich jetzt nicht herein. Sollen sie meerblau sein, wie sie wollen.

»Mara, reg dich ab. Wir sind doch zurückgekommen oder etwa nicht?«

Ja, hat er sie noch alle?

»Und dafür soll ich jetzt dankbar sein?«, pfauche ich.

Augenauskratzen kann er auch gerne haben, wenn er es darauf anlegt.

»Interessant, denn andererseits sollte *ich* vermutlich dankbar sein, dass du einen streunenden Kater anschleppst, kaum dass ich weg bin?«

Er funkelt mich an. In meiner Hand juckt es. Und ich kann mich nicht erinnern, dass es überhaupt jemals in meiner Hand gejuckt hätte.

Machs nicht!

Doch.

Mit Wonne werd ich es machen!

Ich kralle mir die Vase von der Kommode und werf sie ihm vor die Füße. Jede Minute, die ich mich heute zusammenreißen musste, entlädt sich in diesem Wurf.

Wow. Tut das gut!

Oh.

Das Drecksding springt ein paar Mal in die Höhe und rollt unversehrt am Boden dahin. - Als sei nichts passiert.

Was?

Die Vase ist aus Holz.

Wer macht denn so etwas?

Tom lacht schallend.

Ich bin auf Tausend.

»Sag noch einmal streunender Kater zu Mogli und ich ...«

Was? Ziehe zurück nach Wien? Zuerst denken, dann drohen!

»Was?«, pfaucht er.

Laufe weg, wie deine Mutter es in brenzligen Situationen macht?

Nein.

Also?

»Schlafe heute ... äh, im Gästehaus.«

Ich drehe mich um und hab schon fast den Türknauf in der Hand. Soll er doch reden, mit wem er will. Ich feiere Weihnachten.

Blödsinn.

Ich betrink mich und lass Weihnachten an mir vorüberziehen. Und wehe, mich fragt einer von den Oldies, wie ich gelaunt bin!

Tom zieht mich am Arm zurück.

»Okay, ich hab vielleicht etwas übertrieben«, lenkt er ein.

Er grinst?

Ich stampfe mit dem Fuß auf.

»Übertrieben?«

Ups. Er hat mich aufs Bett geworfen und ist über mir.

»Übertrieben. Ja. Und deshalb muss ich mich schleunigst bei dir entschuldigen ...«

Ich versuche, aufzukrabbeln. Aber er fixiert meine Hände hinter meinem Kopf auf dem Polster.

Ich winde mich.

»Aber du hättest mich doch auch nicht gleich durch einen Kater ersetzen müssen, oder?«

»Ich dachte, du wolltest dich entschuldigen? Und jetzt machst du mir Vorwürfe, weil ich am Heiligen Abend ein kleines, obdachloses Kätzchen gerettet habe?«, maule ich.

»Keine Sorge, ich entschuldige mich bei dir. Auf meine Art, Babe«, haucht er mir ins Ohr.

Er arretiert meine Handgelenke. Ich kann mich kaum bewegen.

Hilfe!

Ich brauch diese Sado-Maso-Nummer jetzt sicher nicht.

»Bleib genau so, nicht bewegen!«, flüstert er mir ins Ohr. Und schon spüre ich, wie er mit seiner Zunge mein Ohr entlang fährt.

Ähm.

Vielleicht schlafe ich doch nicht im Gästezimmer, aber so, wie er sich das vorstellt, läuft das sicher nicht.

»Warten nicht alle unten auf uns, Tom?«

»Vermutlich«, flüstert er und zieht mir mein Kleid über den Kopf.

Ich liege in High Heels und meinem Spitzenbody wieder unter ihm.

Er streichelt über meinen Busen. Küsst die Seide direkt über meinem Nabel. Fährt an der Innenseite meiner Oberschenkel entlang.

»Aber wir können doch nicht …«, wende ich ein.

Ich bin überhaupt nicht in Stimmung für diese Nummer. Aber andererseits?

»Uns versöhnen? Sehe ich nicht so«, gurrt er und fährt mit seiner Zunge meinen Bauch entlang.

Ich rechne mit dem Erscheinen deiner Mutter in spätestens zehn Minuten. Und du hast vor, dass sie das hier sieht? Ernsthaft?

Musst du immer alles kaputtmachen?

Aber mein Kopf hat gegen meinen Körper im Moment ohnehin keine Chance. Der windet und räkelt sich nämlich bereitwillig unter Toms Liebkosungen und will mehr.

Viel mehr.

Mutter hin oder her.

Ich bin verlobt.

Ich darf das.

Nein. Ich will das.

Und es ist sooo gut!

Oh. Das superlustige Santa-Kleidchen, das Sanni mir am Bett bereitgelegt hat, ist auf den Boden gerutscht. Ein Scherz! Sanni fand es lustig und meinte, es sei für Tom, statt einer Masche um meinen Bauch.

Tom hebt es auf.

»Mmmh. Dein Weihnachtsgeschenk für mich?«

»Nein. Sannis.«

»Ziehst du es für mich an?«

»Jetzt?«

Ich spür, wie groß meine Augen sind.

»Ja.«

»Mit oder ohne Body?«

»Mit.«

»Okay, aber nur, wenn du dich dafür ausziehst.«

Okay.«

Ich schlüpfe in das Minikleid. Quietschrot. Weißer Plüsch-saum. Tiefes Dekolleté, kurze Ärmeln. Sogar rote Pumps dazu hat mir Sanni auf den Boden gestellt.

Tom zieht sein Hemd aus und steht mit nacktem Oberkörper neben mir. Jeder seiner Muskeln ist zu sehen. Nicht wie bei einem Bodybuilder. Zum Glück. Seine sind viel feiner, aber aus-definiert und im Moment leicht glänzend.

Ich liebe es, wenn er nur in Jeans vor mir steht. Vor allem die beiden Muskelstränge, die an seinen Leisten hochgehen.

Ich könnte mich vergessen.

Sein Pech! Ich habe nämlich leider nicht vergessen, dass er mich heute im Stich gelassen hat.

Tom öffnet gerade die Hose und zieht sie aus.

Nun steht er nackt vor mir und geht zur Kommode mit dem Spiegel darüber.

»Komm, mein kleiner Santa! Ich habe ein Geschenk für dich.«

Er deutet mit dem Zeigefinger, dass ich näher zu ihm kommen soll.

Ich schlüpfe in die anderen Schuhe und stöckle aufreizend zu ihm. So gut ich es eben hinbekomme. Schauspielschule hab ich schließlich keine besucht.

Wie ich ihn das alles büßen lasse, weiß ich leider noch nicht.

Aber ich werde.

So viel ist sicher.

»Ich dachte, wir schenken uns heuer alle gar nichts«, murmle ich und knabbere an meiner Unterlippe.

Ja. Ich hab den Film mit Tini gesehen und will nun endlich wissen, ob die Wirkung auf Männer tatsächlich so enorm ist.

Zack.

Schon küsst er mich.

Was heißt?

Er saugt mich aus, spielt mit mir.

Himmel! Hätte ich das nur schon früher probiert!

»Ich musste etwas nachkaufen«, flüstert er in mein Ohr und zieht ein großes Packerl aus der untersten Schublade.

Moment.

Weiß? Rote Masche? Hatten wir das nicht schon einmal?

Nein, es ist bestimmt etwas anderes. Das Geschenk ist viel größer als jenes, das mir heiße Ohren am Flughafen in Wien beschert hat.

»Merry christmas, Darling!«

»Dir auch, aber du sollst mir doch nicht andauernd etwas schenken«, gurre ich, damit er sich in Sicherheit wiegt.

»Öffne es, es ist auch mehr für mich als für dich.«

Bitte. Lass da drinnen sein, was ich vermute. Dann wird er diesen Abend nie mehr vergessen.

Ich reiße das Geschenk auf.

Ja!

Schade, dass deine Mutter nicht just in diesem Moment hereingeplatzt ist.

Das fehlt noch!

Ich schieße zur Tür und sperre zu.

Tom grinst bis über beide Ohren, legt sich auf unser Kingsize-Bett und streckt die Arme nach mir aus.

Hm.

Mitspielen oder nicht mitspielen, lautet die Frage.

Wenn ich ihn mir so ansehe, dann würde ich meinen, ich verpasse etwas, wenn ich jetzt auf prüde mache.

Also?

Ich nehme die Schachtel und lege mich neben ihn.

»Heißt das Ja?«, flüstert er in mein Ohr und knabbert daran.

Bitte! Er weiß mittlerweile, dass das bei mir der Startschuss zur Zügellosigkeit ist.

»Ja«, presse ich hervor.

In dem Moment dreht er mich auf den Rücken und fixiert mich abermals mit seinen Händen.

Er zieht Handschellen aus dem Karton. Könnte sein, dass er das böse Mädchen und böse Buben Rundum-Sorglos-Paket geshoppt hat. Die Handschellen sind innen mit schwarzem Plüsch eingefasst. Das spricht für die harmlosere Variante.

Das ist sie! Deine Chance. Rache ist süß, Mara!

Ich bin schneller als er.

Und schon hängt Tom am Bettgestell.

»Mara? Äh, also ich dachte mir das eher andersrum.«

»Ach, dachtest du, mein Liebling?«

Ich setze mich auf seinen Bauch.

Stimmen dringen bis zu uns herauf. Ben spielt eine Weihnachtsnummer.

Ich kann keine mehr hören. Aber ich glaube, wir werden unten dringend erwartet.

»Willst du mich jetzt bestrafen?«, fragt er und lächelt verschmitzt.

Aha. Interessant.

Scheint ihm zu gefallen, aber er will ablenken.

»Tom! Sie kommen da unten sicher auch gut ohne uns zurecht. Ohne dich haben sie es ja bereits den ganzen Abend ausgehalten«, flüstere ich ihm ins Ohr.

»Nun ja, stimmt.«

»So ists gut. Braver Bub!«

Was er alles eingekauft hat!

Eine Feder.

Ich fahre ihm damit den Unterschenkel entlang. Es kitzelt und erregt ihn. Mich aber auch. Vor allem weil ich knapp davor bin, ihn *da* zu berühren.

Er stöhnt auf.

Ich verwöhne ihn.

Ups, meine neu modellierten Fingernägel sind offensichtlich zehn Mal ärger als die Minipeitschen, die er da erstanden hat.

»Entschuldige, aber geschieht dir recht. Du musst jetzt leiden«, gurre ich. Und lege einen Strip vor ihm hin.

Langsam finde ich das wirklich … hm, anturned.

»Babe, sperr die Handschellen auf!«

»Das hättest du wohl gerne?«

Oh, oh!

Was ist denn das?

Mein Gott macht mich das heiß.

Er drückt sich von unten an mich.

Ich sehe Sternchen. Mein Puls rast, mein Atem auch.

»Nicht aufhören«, japst er.

Ich lege ihm die Augenbinde an.

Er grunzt.

Herrgott! Ich würde ihn gerne weiter streicheln, lutschen, in mir spüren … aber nein. Diesen Abend soll er nie vergessen!

Dafür sorge ich.

»Du bist der aufregendste Santa aller Zeiten«, höre ich ihn murmeln.

»Da hast du vermutlich recht, mein Lieber!«

Für eine Sekunde erlaube ich ihm, mich ganz zu spüren.

Er stöhnt laut.

Mist.

Ich muss mich zusammenreißen, sonst kippe ich hier weg.

Sachte rutsche ich von ihm herunter.

Er mault.

Ich sammle leise mein Kleid und den Rest vom Boden zusammen.

»Mara?«

»Pst!«

Ich bin dann mal kurz unten, mein Lieber.

Aber das verrate ich ihm nicht.

Ich schließe die Türe hinter mir.

Leise.

So in einer halben Stunde etwa werde ich ihn befreien.

Wenn ich ihn nicht vergesse.

Zum Glück gibt es hier eine Christmette

24. Dezember, später Samstagabend

Tini

»Schau einer an, unser Turteltäubchen!«, meint Sanni süffisant.

Ich will erst gar nicht wissen, was die beiden über eine halbe Stunde lang getrieben haben. So rosa sind Maras Wangen sonst nie!

»Wo ist denn das andere?«, fragt Sanni.

»Kommt sicher gleich nach«, grinst Mara.

»Ist er noch oben?«, fragt Ben.

Toll. Hat er vor, sich schon wieder zu trollen? Mit mir zu sprechen, verkneift Ben sich nämlich schon die ganze Zeit.

Andauernd lässt er sich in irgendein Gespräch mit jemand anderen verwickeln. Langsam kann er sich seine Songs sparen.

»Ja. Er zieht sich noch um«, lächelt Mara.

»Ich laufe mal eben zu ihm hoch«, sagt Ben.

Und weg ist er.

»Aber, ... Ben!«, ruft Mara ihm nach.

»Was ist denn los, Mara? Wird ja nicht gleich die Welt untergehen, falls Tom noch nicht fertig angezogen ist«, sage ich.

Mara sieht komisch aus.

Ihre Wangen glühen, und sie fährt sich verlegen durchs Haar.

»Nein, eh ... vermutlich nicht.«

Sie trinkt etwas.

Es tut mir leid, aber langsam glaube ich, heute sind alle verrückt.

***

Tom sieht einfach nur Weltklasse aus. Ihn umweht der Hauch eines Weltstars.

Frisch geduscht im grauen Anzug, weißem Hemd und in einer Krawatte, die perfekt zum Goldton von Maras Kleid passt. Tom schwebt geradezu an unseren Tisch.

Ben trottet grinsend hinter ihm her.

Aber Tom sieht eher … distanziert aus.

Sanni pfeift anerkennend.

Tom lächelt kurz.

»Bin ich froh, Kinder, dass ihr euch versöhnt habt!«, meint Helga und lacht über beide Ohren.

Auch spannend. Zuerst verpestet sie hier die Atmosphäre, weil sie es ungebührlich gefunden hat, dass die zwei nicht und nicht dahergekommen sind. Aber kaum erscheint Tom, zerfließt sie.

»Haben wir, Mama. Nicht wahr, Tom?«, sagt Mara, stellt sich neben ihn und sieht ihn an.

Er fixiert sie.

»Ja. Sehr außergewöhnlich, wie deine Tochter ihren Standpunkt vertreten hat. Ich frage mich gerade, wo sie dieses umwerfende Konfliktmanagement gelernt hat«, sagt Tom spitz.

Bitte?

Was geht denn hier wieder ab? Toms Unterton war mehr als zweideutig. Gleichzeitig lächelt er.

Helga sieht von Tom zu Mara. Wie ich sehe, versteht sie auch nur Bahnhof.

»Nachdem Mara nicht davongelaufen ist, hat sie es nicht von mir«, lacht Helga aus dem Nichts.

Horst verschluckt sich beinahe an seinem Drink.

Ich kichere.

»Nein, keine Sorge, Helga. Davongelaufen im klassischen Sinn ist deine reizende Tochter nicht.«

Mara boxt Tom in die Seite.

»So. Ich denke, wir haben das jetzt hinreichend besprochen. Ich habe Tom verziehen«, meint sie und küsst ihn.

Er murmelt ihr etwas ins Ohr.

Schmarrn.

Ich habe kein Wort verstanden. Aber sie wird noch röter als sie es schon war.

Nun ja, er hält sie eng umschlungen, also dürfte alles in Butter sein.

Ben hat sich ans andere Ende der Tafel gesetzt. Nett! Weiter entfernt war wohl nicht möglich?

»Übrigens, Helena hat erzählt, dass es im Ort eine sehr schöne, kleine Kirche gibt: Mission of San Jose del Cabo Church. Und wir haben gedacht, ihr Jungen habt sicher keine Lust, aber wir Alten würden gerne in die Mette gehen«, meint Helga.

»Ich schätze, die wird aber in Spanisch sein«, wendet Mara lächelnd ein.

»Na ja, egal. Wir kennen die Weihnachtsgeschichte doch. Aber Weihnachten ohne Christmette, das ist nichts«, sagt Helga.

»Mit den Geschenken warten wir ohnehin. Die gibt es hier in Mexiko erst nach Mitternacht«, ergänzt Sandra.

Helena und Helga haben ihren Durchhänger nicht zuletzt dank eines weiteren starken Kaffees von Sandra überwunden und sind wieder voll in Fahrt.

»Ich dachte, wir hätten vereinbart, dass wir uns nichts schenken?«, wirft Mara ein.

Ja! Gibs ihnen, Mara!

Sanni und ich haben uns auch an die Vereinbarung gehalten und nun stehen wir blöd da.

»Kindchen! Natürlich schenken wir uns nichts. Ich habe doch nur ein paar Kleinigkeiten hübsch verpackt. Soll ja nicht leer sein unter dem Baum«, säuselt Helga.

Helena nickt zustimmend.

»Gut, ihr betet für uns, und wir warten auf euch«, sagt Mara.

Tom lässt Mara nicht aus den Augen. Sehr komisch, ihr ist das richtig unangenehm. Zu blöd, dass ich sie vor allen hier nicht ausfragen kann.

»Sehr gut. Da ich nicht zum ersten Mal hier bin, fahre ich euch. Kommt, wir machen uns fertig und bummeln vorher noch ein wenig über den Marktplatz. Der ist wirklich sehr nett und weihnachtlich.«

Guido als Fahrer? Bei dem, was er getrunken hat?

»Sir, I don't think this is a good idea. I'll drive you.«

Will erhebt sich, und Guido traut sich nicht, ihm zu widersprechen.

Der Tross setzt sich in Bewegung.

Will ist ein Schatz!

Gut, dass sie weg sind. Wir sind alle ins Wohnzimmer gewechselt.

Jetzt kann ich Ben endlich meine Meinung geigen. Was bildet er sich ein? Zuerst macht er auf Minnesänger und seit einer Stunde auf Eisblock? Nicht mit mir.

Tom übernimmt die Gastgeberrolle und schenkt Getränke nach.

Mara spielt Hausfrau und serviert Weihnachtskekse. Diesmal die von Helena.

Sanni muss mit seinem Vater skypen und ist nach oben. Mitsamt der Katze. Perfekt, denn Ben sitzt neben mir am Sofa.

»Ben?«

»Ja?«

»Hör einmal, das war ja sehr nett mit deinem Ständchen und so, aber nur, damit wir uns nicht missverstehen: Ich brauch keine Affäre.«

So, jetzt ist es auf dem Tisch.

Hoppla, das war eventuell einen Tick zu laut, denn Mara, Tom, Sandra und Cora haben aufgehört zu reden und sehen erwartungsvoll zu uns herüber.

»Könntet ihr bitte so lieb sein und euer eigenes Gespräch führen?«

Sie nicken und beginnen wieder zu quatschen.

Ich sehe es: Mara hat riesige Ohren.

Ben legt einen Arm um mich.

»Das trifft sich doch bestens, Tina. Ich hab auch null Bock auf eine Affäre.«

Ach!

Er mustert mich mit seinen dunklen Augen. Ich schiebe seinen Arm weg.

Heißt das, er will ohnehin gar nichts von mir? Der Kuss und alles andere waren nur Show?

Großartig.

Der Rockstar will also keine Affäre, und ich blöde Kuh hab geglaubt, er ist nur wegen mir angereist. Weil wir uns schon in Wien auf der Verlobungsfeier toll verstanden haben.

»Äh, und wie bezeichnest du deinen Frauenverschleiß dann?«

Keine Ahnung, ob er einen hat oder nicht. Ich habe im Internet nichts dazu gefunden, aber ich muss davon ablenken, dass er denkt, dass ich mich eventuell in ihn verliebt hätte.

Ich!

In Ben Romans!

Lachhaft.

»Wie kommst du denn darauf? ... Verstehe, du bist der Meinung, ich lebe Sex, Drugs und Rock'n-Roll?«

»Tust du nicht?«

»Tina, muss ich dir erklären, wir hart das Business ist? Hin und wieder kippe ich einen zu viel. Das gebe ich zu. Aber sonst? Trainiere ich hart für meine Konzerte. Fitness ist heutzutage alles. Da läuft nichts mit Drugs und Weibergeschichten.«

Betrachtet man einmal ganz und gar unvoreingenommen seinen Körper, dann scheint das zu stimmen.

Durchtrainiert.

Braun gebrannt.

Kein Gramm Fett.

Göttlich!

Heißt das nun im Klartext, *ich* interessiere ihn überhaupt nicht?

»Also frei gewählter Zölibat?«, frage ich nach.

»Ja. Eva und ich haben uns im März getrennt. Und ich genieße mein schönes, neues Leben als Single. Keine privaten Verpflichtungen, keine Frau, die mich bestraft, weil ich zu spät komme«, grinst er und sieht zu Mara und Tom.

Was meint er denn damit?

Verdammt, das tut weh. Aber seine Botschaft war eindeutig.

Was will ich? Dass er mir hier ewige Liebe schwört? Vor allen? Oder mich aufhebt und in sein Bett trägt?

Ben ist ein Showman. Was habe ich erwartet? Da war keine tiefere Bedeutung - weder in seinem Kuss noch hinter dem Lied. *Woman.* Hätte er sich sparen können!

Ich trink einen Schluck.

Nein. Ich hab eine bessere Idee als mich dem Alkohol hinzugeben.

Ich setz mich neben Cora. Sie nuschelt schon die ganze Zeit in sich hinein, dass Männer das Letzte vom Allerletzten sind. Möglicherweise habe ich unsere potentielle Seelenverwandtschaft bis jetzt übersehen.

»Du hast ja so recht, Ben. Ich genieße mein schönes, neues Singleleben auch täglich«, sage ich spitz, stehe auf und lasse Ben sitzen.

Soll er mit dem Gummibaum reden.

Wir schenken uns nichts

24. Dezember, rund um Mitternacht

Mara

»Tom, unternimm etwas!«

Cora läuft völlig aus dem Ruder.

»Ist das ein Befehl, oh Herrin?«, fragt er mich.

Ist er noch immer verschnupft?

Pfah! Was soll ich sagen?

»Tom. Ich glaube, wir sind quitt, oder?«

»Hm. Denkst du?«

»Ja, denke ich. Das ist jetzt kindisch.«

»Gut, ich verzeihe dir, Mara, dass mich einer meiner besten Freunde aus einer mehr als prekären Situation befreien musste. Noch dazu am Heiligen Abend«, murmelt er.

Ich übe mich in Großmut und sage nicht, dass er das durchaus verdient hat.

»Unter einer Bedingung.«

Hör ich richtig? Nach diesem desaströsen Abend stellt *er* Bedingungen?

»Die kannst du dir aufcremen.«

»Aber ich wünsche mir doch nur ein klitzekleines Geschenk von dir«, gurrt er und knabbert schon wieder an meinem Ohr.

Mistkerl.

Wie es aussieht, funktioniert › *Wir schenken uns nichts* ‹ überhaupt nicht in dieser Family.

»Welches?«

»Lauf hoch und schlüpf noch einmal in dieses Santa-Kleid.«

Ui, mir wird heiß.

»Und das würde dich glücklich machen?«

»Sehr sogar. Bitte ohne Unterwäsche.«

Geh nicht! Das kannst du nicht tun. Auf die Art hat er gewonnen!, schreit es in meinem Kopf.

Mir egal. Ich will nicht gewinnen, ich liebe ihn.

»Mach ich, aber sieh zu, dass du in der Zwischenzeit Cora in den Griff bekommst.«

Er küsst mich.

»Nicht aufregen, ich kenne das von Cora. Morgen ist sie wieder fit«, flüstert er zurück.

Fit? Die Frau torkelt im Sitzen, schmatzt unablässig entweder Tini oder Sanni ab und feuert Giftpfeile in Richtung Tom. Allerdings geht sie nicht auf ihn direkt los, sondern auf Männer im Allgemeinen. Wie es aussieht, verkraftet sie Weihnachten nicht besonders gut. Ihr bodenlanges, silberfarbenes Abendkleid ist bis über die Knie hochgerutscht, einer ihrer High Heels liegt unter dem Couchtisch und die Wimperntusche bahnt sich einen Weg in Richtung Mundwinkel.

Sie schenkt sich schon wieder nach.

»Meine Lieben, ein frööööhliches Fest der Lieeebe!«, brüllt sie durchs Wohnzimmer.

»Wobei? Ich pfeif auf Liebe«, setzt sie nach und starrt in ihr Glas.

Sanni umarmt sie. Was läuft hier eigentlich?

Hat er Mitleid mit ihr?

»Cora, sag das nicht. Für jeden Topf existiert ein Deckel. Wir müssen halt alle drei erst den passenden finden.«

Sanni der Seelentröster! Tini nickt zustimmend und sendet einen vernichtenden Blick in Richtung Ben. Ich kenne mich nicht mehr aus. Zuerst wirken sie wie frisch verliebt und plötzlich als könnten sie sich gar nicht riechen.

»Mein Deckel hat sich aber einen anderen Topf gesucht!«, kreischt Cora schrill daher.

»Nun ists aber gut, Cora. Komm, ich bringe dich auf bessere Gedanken.«

Ben schnappt sich seine Gitarre und beginnt, einen seiner eigenen Songs zu singen. Kennen wir alle, weil er schließlich im Radio rauf- und runtergespielt wird.

Tom rutscht unruhig neben mir herum.

Was läuft hier?

Also echt. Mit besinnlicher Weihnachtsstimmung hat das nichts zu tun. Zu blöd, ich hätte auch in die Mette gehen sollen.

Tom zieht mich an sich und küsst mich auf die Stirn.

»Don't worry, Babe. Gehst du nach oben?«

»Ja.«

***

Ich sitze auf Toms Schoß. Im Santa-Kleidchen. Plötzlich öffnet er einen schwarzen Karton neben sich am Sofa. Zieht eine schwarze Scheckkarte heraus.

»Huch, was wird das, Tom?«

Er fährt mit der Karte meine nackten Beine entlang. Vor allen.

Zum Glück besitzen sie Anstand und sehen weg.

»Nur das, was du willst.«

Mir wird immer heißer.

Er schiebt meinen roten Rock Zentimeter um Zentimeter nach oben.

Fährt an der Innenseite meiner Oberschenkel entlang. Immer höher.

Ich zerfließe gleich.

Meine Beine öffnen sich ungefragt. Sie können sicher alles sehen! So ein Topfen.

»Nicht!«, flüstere ich nach hinten.

Cora baut sich vor uns auf.

»Du hast sie wohl nicht mehr alle!«, schreit sie Tom an.

Was ist denn jetzt wieder?

»Setz dich, Cora«, blafft er sie unwirsch an.

Sie bleibt stehen.

»Ist das ihre?«, fragt sie und deutet auf die Karte.

Ich kenne mich nicht aus. Was will sie?

»Ja. Cora. Ein kleines Geschenk für Mara.«

Sie torkelt, dreht sich um und wirft sich in den nächstbesten Stuhl.

»Du bist so ein Idiot«, schimpft sie laut.

Ich nehme Tom die Karte aus der Hand.

Oh.

Heiliger Bimbam.

Sie existiert wirklich.

Es *die* Schwarze Karte!

In Weiß steht *Mara Trenton* darauf. Ein Ablaufdatum und eine Nummer. Das ist alles.

Wenn ich diese Karte meinem Papa zeige, kippt er mir sicher aus den Schuhen. Immerhin ist er Steuerberater und weiß, was das ist. Ich könnte mir damit vermutlich aus dem Stand ein neues Haus kaufen. Vielleicht sogar ein Flugzeug? Eine eigene Insel?

Mir bleibt das Hirn stehen. Und dabei brauche ich meinen Kopf im Moment wirklich dringend.

»Eine *Schwarze Karte*? Für mich?«

»Merry christmas, Babe. Komm!«

Er schubst mich hoch.

Ich bin fassungslos.

Das versteht er unter *keine Geschenke*?

Mit der Karte in der Hand folge ich ihm nach oben.

Er sperrt die Türe hinter sich zu.

Ich lege das Ding auf die Kommode.

Tom setzt sich aufs Bett.

Ich mich breitbeinig auf seinen Schoß.

»Ich weiß gar nicht, was ich sagen soll«, stammle ich daher.

»Gar nichts. Zeigs mir!«

Ich öffne den Knoten seiner Krawatte leicht.

Die Knöpfe seines Hemds.

Schiebe es ihm samt seinem Sakko über die Schultern nach hinten.

Er streichelt meinen Busen.

Küsst meinen Hals. Schiebt mein Kleid hoch, so dass ich nackt auf ihm sitze.

Unter mir spüre ich, wie er seine Hose öffnet und etwas nach unten schiebt.

Ich umschlinge ihn.

»Ich will dich«, hauche ich in sein Ohr.

»Dann nimm mich«, gurrt er zurück.

»Werd ich.«

Ich beuge mich zu ihm, er lässt sich nach hinten fallen.

»So ist es gut, Liebling«, schnurre ich.

Schnell ziehe ich ihn nackt aus. Bis auf die Krawatte.

Und setze mich wieder auf ihn.

Ich betrachte Tom. Und küsse, was ich sehe und so sehr liebe.

Seine Augen. Sein Haar. Die kleinen Grübchen an den Wangen. Seine gerade und edle Nase.

Seine Ohren. Den gerade richtig proportionierten Hals.

Seine Brustmuskel.

Seinen Nabel.

Er stöhnt und vergräbt seine Finger in meinen Haaren.

Die Muskeln, seitlich an der Leiste.

Ja. Hier auch.

Ich versinke in ihm. Gebe ihm alles.

Meine Küsse, meine Liebe, mein Verlangen.

Tom schreit immer wieder kurz auf.

In mir brennt und zieht alles. Aber es ist zu schön, ihn in den Wahnsinn zu treiben.

Er ist mir ausgeliefert.

Ich behandle ihn gut. Nur ab und zu lasse ich ihn kurz meine Zähne spüren. Dann winselt er unter mir.

»Babe, was stellst du mit mir an?«

»Das, was wir schon am Nachmittag hätten tun sollen!«

Er zieht mich zu sich hoch.

Wir verschmelzen in einem Kuss.

Plötzlich spüre ich ihn.

Dränge mich ihm entgegen.

Bin offen für ihn.

Nass.

Heiß.

Bestimme das Tempo. Den Rhythmus. Die Tiefe.

Meine Lust.

Seine.

Halte immer wieder inne. Muss mich sammeln.

Alles explodiert.

Um mich herum.

In mir.

Körperlich.

Geistig.

In meinem Herzen.

Überall funkeln Sterne, wütet ein Feuerwerk des Verlangens in mir.

Entlädt sich in einem Gefühl des Sattseins.

Gestillt.

Von dem Mann, den ich unendlich liebe.

»I love you!«, stöhnt Tom.

»I love you!«

Ich sinke vorneüber auf seine Brust.

Er umarmt mich und hält mich fest.

Das ist Weihnachten. Oder ein Stückchen des Heiligen Geistes, so wie ich ihn verstehe.

Ich könnte weinen.

Ich will keine Geschenke

25. Dezember, kurz nach Mitternacht

Mara

Mit einem Mal ist es hier wieder weihnachtlich. Nicht einmal die sich wiederholenden Weihnachtslieder stören mich mehr.

Gut, dass unsere Eltern in der Mette waren.

Und gut, dass wir uns aus vollem Herzen wieder versöhnt haben.

Ich liebe Tom einfach viel zu sehr, um lange auf ihn böse zu sein.

Papa hat auf Mamas Wunsch noch ein paar Kerzen am Tisch verteilt und angezündet. Jetzt gibt es Geschenke, hat sie verkündet. Wir haben uns alle wieder rund um den langen Holztisch versammelt, und Helenas Palme strahlt im Glanz der Lichterkette.

Mogli schläft zusammengerollt auf einem der Sessel. Ihn hat der Weihnachtswahnsinn auch erschöpft. Ich streichle meinen Kleinen.

Tom packt gerade ein winziges Geschenk aus. Es ist von meinen Eltern.

Ich beuge mich über seine Schulter und bin echt neugierig.

»Ein Schlüsselbund?«, staune ich.

Tom hält ihn in die Luft und sieht meine Eltern fragend an.

»Tom, das ist nicht mehr als ein kleines Symbol. Es soll ausdrücken, dass wir dich in unserer Familie mehr als herzlich willkommen heißen und ...«, beginnt Papa.

»Weißt du, Tom! Wir haben ja bei Weitem nicht so viel wie du, aber das ist der Schlüssel für unser Haus in Mödling und der andere für die Wohnung in Lech, falls ihr dort einmal Schifahren wollt«, fällt Mama meinem Vater ins Wort.

»Wow! Da freue ich mich sehr darüber! Ich danke euch!«

Tom umarmt meine Eltern und küsst sie. Mama drückt ihn ganz fest an ihren Busen.

Helena entwischt eine Träne und drückt mir ein schweres Packerl in die Hand. Es ist exakt jenes, das sie vor Feuer und Wasser gerettet hat.

»Für dich, Mara. Zum Glück ist es verschont geblieben. Fröhliche Weihnachten.«

»Danke!«

Ich umarme sie.

»Aber mir ist das so unendlich unangenehm, dass ich jetzt keine Geschenke für euch alle habe«, sage ich.

»Kindchen, das hatten wir doch ausgemacht! Nur weil wir sentimentalen Alten uns nicht daran halten, ist das doch kein Grund, peinlich berührt zu sein«, meint meine Beinahe-Schwiegermutter und lacht.

Ich öffne ihr Geschenk.

Ein Fotoalbum kommt zum Vorschein.

»Toms Babyfotos. Damit du weißt, worauf du dich einlässt«, lächelt sie.

»Helena, Guido, danke! Das ist so lieb!«

Ich küsse sie und setze mich.

Das muss ich sehen. Ob er als Baby auch schon so hübsch war?

Alle beugen sich über das Album.

Ich blättere langsam durch.

»Helena, mein Gott war das ein süßer Bursche! Was freue ich mich auf unsere Enkelkinder«, quietscht Mama voller Begeisterung.

Ah! Das sollte wohl ein Wink mit dem Zaunpfahl sein?

Ist mir auch recht.

Und ich gebe zu, Tom war schon als Baby schön. Auch später als kleiner Bub. Und seine blauen Augen waren ...

Krach.
Hä?
Cora ist im Hinauslaufen gegen einen Stuhl geknallt. Wo will sie denn hin?
Ich sehe Tom an. Er zuckt mit den Schultern.
»Tom, geh ihr besser nach. Es ist Weihnachten, und ich denke, diesen Familienrummel verkraftet sie heute ganz schlecht.«
»Mach ich.«
»Nein, nein. Bleib du hier, ich gehe«, sagt Sanni und ist schon an der Glastüre.
Helena wirft Tom einen seltsamen Blick zu. Er zuckt nur mit den Schultern.
»Tini, Sandra, seht mal, wir haben da auch noch ein paar Packerln für euch.«
Mama rettet die Situation, indem sie weitere Geschenke verteilt.

***

Langsam wird es für unsere Abendkleider zu kühl im Freien. Wir begeben uns ins Wohnzimmer.
Sanni hat Cora überreden können, zurückzukommen. Wie ein junger Hund tänzelt er um sie herum und quatscht auf sie ein. Cora sieht gar nicht gut aus. Unter ihrer Achsel klemmt ein großer, brauner Briefumschlag.
»Cora! Achtung!«, schreit Tini.
Oje, die Teppichfalte.
Patsch!
Cora liegt bäuchlings vor dem Couchtisch. Nur um ein Haar hat sie mit dem Kopf die Tischkante verfehlt. So ein Glück!

»So ein Kack!«, schimpft sie.

»Muss dieser dämliche Teppich da rumliegen?«

Tom hilft ihr auf. Alle sind verstummt und tummeln sich um Cora. Selbst Ben hat vor Schreck aufgehört zu spielen.

»Alles okay, Cora?«, fragt Tom besorgt.

Tini wirft mir einen Blick zu.

Ja, Cora hat eindeutig zu viel gehabt. Sie sieht devastiert aus.

Tom hebt den Umschlag auf und gibt ihn ihr.

Sie baut sich vor uns auf und knallt den Umschlag vor Tom und mir auf den Couchtisch.

»Mein Weihnachtsgeschenk für euch«, sagt sie und plumpst ungelenkt nach hinten. Sanni fängt sie auf und verfrachtet sie in einen Sessel.

Beängstigend, wie sie beisammen ist.

Tom sieht sie verwundert an.

Jetzt mich.

»Hat mich eine Menge Kohle gekostet! ... Aber ich habe verhindert, hicks, dass Norbert, dieser Idiot, hicks, ... den Kack an die Öffentlichkeit bringt«, sagt sie und deutet Sanni, er solle ihr noch ein Glas einschenken.

Hinter ihrem Rücken winke ich Sanni, es nicht zu tun.

Klar. Auf mich hört hier niemand.

Ist die Botschaft bei dir eigentlich angekommen? Es geht um deinen Ex! Norbert! So ein Schwein.

Hätte ich ohne dich jetzt nicht geschnallt.

Plötzlich reden alle wild durcheinander.

»So ein Topfen!«, quiekt Sanni, denn Cora ist das Glas während des Einschenkens aus der Hand gerutscht. Nun ist sie in Champagner gebadet und plärrt laut.

Sie streitet mit Sanni, will aber nicht gehen.

»Cora, Schluss jetzt. Dein Sanni bringt dich ins Bett.«

Er bietet ihr galant den Arm an.

»Ohhhkay. Wiiir gehn.«

Sie hat einen Zungenschlag. Bravo.

Tom öffnet das Kuvert und zieht Fotos sowie einen Datenstick heraus.

Oh Gott! Das sind Bilder von mir!

Allesamt äußerst unvorteilhaft.

Ich - nackt auf einem Kiesstrand in Kroatien beim Sonnen. Ich glaube, das war in Zadar.

Ich - beim Skifahren in Lech, vor vier Jahren, als ich ungefähr zehn Kilo mehr hatte.

Ich - beim Spaghettiessen in Grado mit einer Nudel, die aus meinem Mund hängt.

Eine Nahaufnahme meines Busens!

Bitte? Wann hat Norbert denn dieses Foto geschossen?

Ich kann gar nicht mehr hinsehen.

Tom grinst.

Sorry, das pack ich jetzt gerade nicht.

»Heiße Fotos«, meint Ben und pfeift laut.

Das ist *too much*!

Ich renne hinauf in unser Zimmer, werfe die Türe zu und mich aufs Bett.

Norbert, du mieses Aas! Wenn ich könnte, würde ich dich an deinen Kronjuwelen an die Decke nageln!

Überhaupt. Das hätte mir schon damals zu denken geben müssen!

Welcher Mann nennt seine Genitalien *Kronjuwelen*? Der muss ja einen mächtigen Schuss haben. Was für ein Glück, dass ihn sich nun Anna, meine Ex-Kollegin und Schlampe vom Dienst, antun muss. Ich sollte sie heiligsprechen lassen.

Ich schlage vor, du solltest jeden Tag aus lauter Dankbarkeit gleich nach dem Aufstehen einen Freudenschrei ablassen, dass wir diesen Idioten los sind!

Genau. Und ich werde Norbert nie verzeihen, dass er Cora die Fotos von mir zugesteckt hat! Das wird er bitter bereuen! Das schwöre ich.

Unten herrscht Chaos. Alle reden laut und aufgebracht durcheinander.

Ich halte mir die Ohren zu.

Das ist mir zu viel. Zuerst der ganze Ärger mit Tom und Ben, jetzt das.

Aus.

Ich will nicht mehr nachdenken.

Ich will schlafen!

Ich höre die Türe. Tom kommt herein und legt sich an meine Seite.

»Babe, das ist doch alles kein Drama.«

»Kein Drama?«

Das ist ein emotionaler Overflow. Für mich ist dieser Weihnachtsabend zu Ende. Ich wusste es, ich will keine Geschenke. Und schon gar keine von Cora oder Norbert.

Pff!

»Darling, nicht. Komm her.«

Er nimmt mich in seine Arme, und ich höre, wie ich laut seufze.

Tut mir leid, ich bin fertig.

Völlig erledigt.

Aber es ist kuschelig in seinen Armen.

Ich lasse meine Augen einfach geschlossen.

Rendezvous mit Paparazzi

25. Dezember, Sonntagnachmittag

Tini

Nette Strandbar. Alles sehr exklusiv. Sieht so aus, als seien alle Gäste hier VIPs. Das gesamte Areal ist ein großer Beachclub mit Pool, verschiedenen Relax-Areas und eben dieser Strandbar. Eher einfach und rustikal gehalten, aber gleichzeitig auch edel. Ich kann schon nachvollziehen, dass Ben und Tom hier die Zeit vergessen haben.

»Du setzt dich zwischen Sanni und mich«, flüstert Mara mir ins Ohr.

»Warum?«

»Weil dir selbst der beste Fotograf bei dieser Sitzposition nichts mit Ben andichten kann und wird.«

»Oh, okay.«

Unnötig. Da läuft ohnehin nichts zwischen uns.

Auf die Fotojäger habe ich glatt vergessen. Komisch, keiner hat über sie gesprochen, nicht einmal Cora. Ich war nur froh, aus dem Haus rauszukommen. Ich mag die Oldies wirklich, aber nach drei Tagen ... echt, da tut auslüften gut.

Wir hocken auf Holzbänken rund um einen langen Tisch. Daneben steht ein Weinfass. Bei uns hieße das in dieser Schlichtheit Heuriger. Der spanische Name der Bar klingt aber natürlich nach Urlaub, Sonne und einer heißen Nacht.

»I have some great wine for you«, sagt der Chef des Hauses.

Ein Mexikaner, wie er im Buche steht. Sehr quirlig und bemüht. Aber klar, zwei Berühmtheiten in der Hütte lassen das Herz jedes Gastronomen höher schlagen. Noch dazu, wo er weiß, dass die Bilder seines Lokals vermutlich noch heute rund um die Welt gehen werden.

»I don't doubt it, José!«, lacht Tom und klopft ihm freundschaftlich auf die Schulter.

»Sehr lustig. Ob er wirklich so heißt?«, flüstere ich Mara ins Ohr.

»Wieso denn nicht? Bei uns gibt es doch auch noch immer genügend Seppis oder Josefs.«

»Ja, eh.«

Das war ohnehin nur eine Verlegenheitsdiskussion, weil sich Bens und meine Blicke immer wieder für ein paar Sekunden treffen. Aber er sieht dann immer schnell wieder weg.

Der Chef serviert persönlich den edlen Tropfen, wir prosten uns zu.

»Ob diese Paparazzi nun hinter den Büschen hervorspringen und *Cheese* schreien?«, wundert sich Sanni.

»Vermutlich, denn ich sehe niemanden.«

»Das ist das erste Mal. Ich bin richtig nervös«, sagt er.

»Sanni! Ich bitte dich, wir beide interessieren die doch sicher nicht.«

»Meinst du etwa, dein Sanni gibt nichts her im Internet?« Ich mustere ihn.

»Jetzt wo du es sagst, werden sie eventuell ausschließlich dich fotografieren! Mit *dem* Hemd!«

»Wunderbar. Nicht? Leider von *Cavalli* und nicht von mir. Wahnsinn, ein wahrer Meister.«

Stimmt. Aber ob sich der Meister vorstellen kann, dass man dieses Hemd zu einer wadenlangen Lederhose trägt? Ich wage es zu bezweifeln.

Und nein, Ben. Mich nervt dieses kindische Wir-schauen-uns-nicht-an-Spielchen.

Trinke ich eben Wein und lausche Coras Ausführungen in Sachen Weltpolitik und Flüchtlinge. Selten so eine amerikanisch gefärbte Sicht der Dinge von einer Deutschen gehört. Sie ist eindeutig zu lange weg aus Europa. Oder hat keine Ahnung, worüber sie gerade spricht.

Tom prostet uns zu.

»Wirklich ein lauschiges Plätzchen! Cheers!«, sagt auch Mara.

»Auuu!«

Nein! Hat mich eine Wespe erwischt?

Klirr!

Mein Glas ist am Boden zersprungen.

»Mara!«

»Tini! Sag nicht, das war eine Wespe?«, schreit sie.

»Doch!«

»Shit! Tom, wir brauchen sofort einen Arzt«, brüllt Mara.

Alle hüpfen auf.

Mir wird ganz heiß. Ist das nur Panik oder die Allergie?

»Hast du deinen Epi-Pen in der Handtasche?«, will Mara wissen.

Hab ich?

Weiß nicht.

Ich stehe auf.

Ui, mir ist ganz schwummerig.

»Mara, mir ist … schlecht.«

Meine Knie werden wie Pudding. Sacken weg.

»Hab dich, Kleines.«

Ben?

***

»Dir gehts bald besser, Tini. Der Arzt hat gesagt, das blöde Vieh hat dich zum Glück nur an der Innenseite der Lippe erwischt«, sagt Mara.

Oje. Meine Lippe scheint ganz dick zu sein.

»Danke, Mara.«

Jetzt kann sie meine Hand wieder loslassen! Ist ja echt peinlich hier vor allen. Schlimm genug, dass sie mich, wie es scheint, auf eine Liege verfrachtet haben. Ich hasse solche Situationen. Aber ich muss die Augen wohl wieder öffnen.

»Oh!«

Ich ziehe meine Hand schnell weg. *Er* hat sie gehalten!

»Schön, deine Augen wieder zu sehen«, flüstert Ben neben mir.

»Besser als meine dicken Lippen, was?«

»Ach, die fallen nicht einmal auf, Tini«, mischt sich Mara ein.

»Bitte?«

»Na ja, äh, der Rest deines Gesichts ist auch ein wenig ange-schwollen.«

Hilfe!

»Aber nicht arg«, setzt Mara nach.

»Nicht arg? Her mit einem Spiegel.«

»Tut mir leid, aber ich hab gar keinen mit.«

Ich spüre, dass Mara lügt.

Der Arzt lächelt und erklärt mir etwas in gebrochenem Englisch. Ich scheine Glück gehabt zu haben, und Mara hat mir rechtzeitig und beherzt die Spritze in den Oberschenkel gegeben. Er drückt mir noch Tabletten und seine Handynummer in die Hand.

Der Mann verabschiedet sich. Mara wechselt ein paar Worte mit ihm.

Wie ich sehe, sitzen die anderen drüben am Tisch. Mara dürfte sie verscheucht haben. Sie weiß, dass ich so einen Auflauf hasse.

Ben streichelt mir über den Kopf.

»Mara, geh du schon mal zu den anderen. Ich bleibe bei Tina. Und du ruhst dich jetzt aus und bleibst hier liegen.«

»Okay.«

Sie geht.

»Und schläfst vielleicht ein wenig, ja?«, schiebt Ben nach.

Ach? Jetzt ist er der Fürsorgliche?

Muss ich nicht haben.

Ich krabble auf.

Mir ist schwindlig.

»Hak dich wenigstens bei mir unter, wenn du schon nicht auf mich hören willst«, meint Ben.

Vorher leg ich mich freiwillig auf den staubigen Weg und ernähre mich von Maden - bis es mir wieder besser geht.

»Danke, ich kann das alleine.«

Ben rauft sich die Haare. Mara kommt wieder zurück.

»Tini, wir lösen die Runde hier auf und fahren zurück ins Haus.«

»Aber ...«

»Kein aber, Tini. Du sollst mindestens eine Stunde liegen. Unsere Limousinen warten schon. Komm!«

Sie hält mir den Arm hin.

Na gut.

Ein Bett ist vermutlich keine schlechte Idee.

Liebe kann wehtun

25. Dezember, Sonntagabend

Tini

»Bitte, Mara. Esst ohne mich. Mein Gesicht ist immer noch einen Zentimeter dick angeschwollen.«

Es reicht schon, dass Ben mich mit diesem Zombie-Face gesehen hat. Das muss ich mir nicht noch einmal beim Abendessen antun.

»Okay, weil du es bist! Ich hol unten etwas zu essen und bleib bei dir.«

»Und lässt Tom und Sanni mit den Oldies und unseren Gästen alleine? Untersteh dich.«

»Na gut, dann schick ich Sandra mit dem Essen und komm später zu dir, ja?«

»Passt.«

Sie gibt mir einen Schmatz auf die Wange und zischt ab.

Ein Wespenstich! So ein Topfen, dass ich allergisch auf die Tierchen bin. Hätte aber wirklich blöd ausgehen können.

Ich dusch mich, dann gehts mir sicher besser.

Ah! Tut das gut.

»… lovin' you hurts, lovin' you keeps me awake …«, trällere ich vor mich hin.

»See your face everywhere!«, singt eine tiefe Stimme.

Ich fahre herum. Hinter der Glaswand steht Ben und grinst.

»Du singst meinen Song?«, grinst er.

Ich bin *nackt*!

»Schon einmal etwas von Privatsphäre gehört?«

Wie komme ich jetzt an ein Handtuch?

»Schon mal was von - jemand sorgt sich um dich - gehört?«

»Ein Handtuch, bitte.«

Er dreht sich um und zieht seine Jeans aus.

Ich starre durch die Glasscheibe und öffne die Türe einen Spalt.

»Bist du übergeschnappt, Ben?«

»Vielleicht?«

Er macht weiter.

Sein T-Shirt fällt zu Boden, seine Boxershorts auch.

Ich hüpfe aus der Dusche und schnappe mir das erstbeste Handtuch.

Ben steht ein paar Zentimeter vor mir.

»Sieht sexy aus.«

Oh. Das Ding bedeckt bloß meinen Busen. Für unten herum ist es zu kurz.

Argh.

Ah, hier ist ein längeres Badetuch.

Er nimmt es mir weg.

»Sag einmal, überfällst du Frauen immer derart plump?«

»Nicht dass ich wüsste.«

Mir kommt vor, er ist leicht beschwipst. Na bravo.

Er steht einfach nur da und betrachtet mich.

»Alles gesehen?«

»Wie man es nimmt.«

Ich husche an ihm vorbei. Er packt mich am Arm und hält mich zurück.

Mein Herz klopft im Hals. So ein Mist aber auch. Warum würde ich am liebsten über ihn herfallen?

Nein! Ich starre in den Spiegel. Wie ich aussehe! Diesen Anblick kann er niemals erregend finden. Ich schnappe mir den Bademantel und schlüpfe hinein. Bevor ich den Gürtel zubinden kann, hält er die Enden in seinen Händen und zieht mich an sich heran.

»Tina, was empfindest du für mich?«

Warum sagt er eigentlich immer Tina zu mir?

Aber es gefällt mir.

»Die Frage lautet doch wohl eher, warum spielst du mit mir, Ben?«

»Oh! Entschuldigung!«

Mara steht vor uns und sieht aus, als hätte sie einen Geist gesehen.

»Es ist nicht so, wie du denkst, Mara«, sag ich schnell.

»Äh, ich denke nichts und bin auch schon wieder weg.«

Sie dreht um und läuft zur Türe hinaus.

»Verdammt, Tina.«

Ben zieht mich an sich und …

… küsst mich!

In meinem Bauch wird alles heiß. Ich spüre seinen nackten Körper an meinem.

»Ben!«

»Ich will dich!«

Stopp.

Heißt das hier einfach nur, er hat etwas zu viel getrunken und gerade an Sex denken müssen? Und bei der Gelegenheit bin *ich* ihm wieder in den Sinn gekommen?

Nein, danke.

Darauf kann ich verzichten.

Ben streichelt über meine Wangen. Ich will gar nicht wissen, was er denkt. Vielleicht fragt er sich gerade, wo der Lichtschalter ist? Im Dunkeln müsste er sich mein Gesicht wenigstens nicht ansehen.

Ben fährt mit der Zunge meinen Hals entlang.

Herrgott! Alles in mir wird weich.

Ich stoße ihn weg.

»Bitte! Hör auf.«

Er mustert mich.

»Bist du sicher?«

»Ja. Bin ich.«

»Sorry.«

Ben sammelt seine Sachen vom Boden auf, schlüpft hinein und verlässt ohne ein weiteres Wort mein Zimmer.

Ich werfe mich aufs Bett.

Was bitte war das?

Und was ist mit mir los?

Ich träume von ihm. Jede verdammte Nacht. Ich denke an ihn. Wenn ich aufwache. Immer wieder - den ganzen Tag über. Er schwirrt durch meine Gedanken, bis ich endlich einschlafe.

Und jetzt schicke ich ihn weg?

Bin ich verrückt?

***

»Tini? Was ist passiert?«, fragt Mara leise und streichelt mir über den Rücken. Sie hat sich auf mein Bett gesetzt.

»Wieso?«

»Ben ist nach unten gekommen, hat kein Wort gesprochen, ein oder zwei Tequila gekippt und ist abgerauscht.«

»Mir egal.«

»Ich verstehe euch nicht. Du hast dich in ihn verliebt, er sich in dich auch, wo ist das Problem?«

»Wenn es so wäre, gäbe es gar kein Problem. Aber so ist es nicht!«

Ich schlage auf meinen Polster ein.

»Hier seid ihr! Habt ihr schon die Fotos von uns im Internet gesehen?«

»Sanni, bitte, Tini hat gerade andere Sorgen«, schimpft Mara.

»Nein, hab ich gar nicht. Zeig her.«

Ich ziehe mir den Bademantel enger um den Körper und setze mich auf. Sanni neben mich.

»Seht mal«, sagt er.

Wir scrollen durch die Fotos, die uns Sanni zeigt.

»Von wo aus haben die bitte fotografiert? Aber Tom und du, ihr seid echt gut getroffen.«

Mara nickt.

»Ja, stimmt ausnahmsweise.«

»Und schau, hier sind wir zwei«, meint Sanni.

Auch diese Fotos sind mehr als okay.

Sanni googelt weiter.

»Stopp. Zurück. Was war das denn?«

Sanni schaut unschuldig drein. Ich nehme ihm das Tablet weg.

»Das wolltest du mir vorenthalten, du Schuft!«

»Stimmt überhaupt nicht!«, echauffiert sich Sanni.

Ich blättere zurück.

Da ist es. Ein deutsches Promimagazin.

›*Ben Romans beim Turteln in Mexiko erwischt. Ist das seine Neue?*‹

Er ist von der Seite zu sehen, ich bin verdeckt. Man sieht nur meine Beine auf der Liege. Wüsste ich nicht, dass ich halbohnmächtig gewesen bin, ich würde tatsächlich glauben, er beugt sich über mich, um mit mir zu schmusen.

»Schweinerei.«

»Tini, das Foto ist doch total süß! Ich denke, die Paparazzi waren sehr okay. Immerhin haben sie den Wespenstich und das ganze Drama ausgelassen. Und man erkennt dich nicht einmal.«

»Ja, aber nur, wenn man sich die anderen Bilder nicht ansieht. Denn da erkennt man mich sehr wohl. Zum Glück wurden sie vor dem Stich aufgenommen.«

Mara nimmt mir das Tablet weg.

»Schluss jetzt. Was machen wir mit dir und Ben?«

»Nichts.«

»Mäuschen, das tut deinem Sanni im Herzen weh! Ihr wärt so ein schönes Paar«, jammert er, als würde es um seine eigene große Liebe gehen.

Große Liebe?

»Er ist gegangen?«

»Ja«, sagt Mara.

»Gut, dann schlüpf ich in meine Jeans, und wir gehen runter.«

»Du willst nicht reden?«

»Nein.«

Ich muss mich zusammenreißen.

Heute Abend sind alle, die hier für Tom arbeiten, samt ihren Familien zum großen Abendessen eingeladen. Dieses Dinner findet jedes Jahr statt. Und ich finde diese Geste echt nett. Außerdem freue ich mich, Estefania und Miguel wiederzusehen.

Also gehe ich hinunter und vergesse diesen Idioten.

Das Jahr klingt aus

30. Dezember, Freitag, fast eine Woche später

Mara

»Ben kommt heute Abend wieder?«, frage ich Tom.

»Das hat er am Telefon angekündigt.«

»Dass er einfach nach Mustique abgehaut ist, kann ich überhaupt nicht nachvollziehen. Tini leidet total.«

»Ich schon. Ben hat zwar kein Wort darüber verloren, aber das, was ich von dir erfahren habe, hätte mich auch in die Flucht geschlagen«, sagt Tom.

»Ach? Und warum kommt er dann wieder zurück?«

»Weil die richtige Frau einen Mann wider besseren Wissens wie ein Magnet anzieht?«

»Aha.«

»Mach dir keinen Kopf, Babe. Wenn es sein soll, dann kommen die beiden zusammen.«

»Mal sehen. Aber gut, lassen wir es.«

Ich kuschle mich an Tom.

»Übrigens, richtig ruhig hier.«

»Also ich genieße es«, lächelt Tom neben mir auf der Sonnenliege.

Ich küsse ihn. »Ich auch. Sehr sogar.«

Unsere Eltern sind gestern abgeflogen.

Es war am Ende ein wunderbarer Urlaub mit ihnen, aber unfroh bin ich nicht, dass wir nun alleine sind.

Also alleine mit Tini und Sanni, Sandra, Cora und Will. Für Toms Verhältnisse ist das beinahe richtig einsam.

Tini kommt zu uns.

»Habt ihr beide Zeit und Lust, euch meine Vorschläge für die Hochzeit anzuhören?«

Ich schnelle hoch.

Sie ist schon ein Wahnsinn. Arbeitet die ganze Zeit, vermutlich nur, um Ben aus ihren Gedanken zu verscheuchen.

»Und wie. Schieß los, Tini«, sage ich aufgeregt.

Tom ist auch ganz Ohr.

Sie hockt sich neben uns. Mogli trappelt zu uns.

»Komm, Schatzi.«

Ich hebe ihn hoch.

Tom verdreht die Augen. Streichelt den Kater aber.

Wie es aussieht, mag er Mogli. Irgendwie.

»Also, ich habe drei Konzepte gemacht«, beginnt Tini.

Meine Lieblings-Eventmanagerin geht das ja richtig professionell an. Jetzt bin ich aber gespannt.

Tom hat sich hinter mich gesetzt, und wir schauen gespannt auf die Mappe, die Tini vor uns auf der Liege ausbreitet.

»Also, ich habe die Variante Prinzessinnenhochzeit auf einem Märchenschloss, dann Barfuß-Beach-Vermählung auf Toms Privatinsel in der Karibik und dann noch eine Stadthochzeit mit Pomp und Gloria.«

Sie breitet drei Zeichnungen vor uns aus.

Ich starre die Bilder an. Einfach überwältigend.

»Ich wusste gar nicht, dass du so dermaßen gut zeichnen kannst«, sage ich.

»Kann ich eh nicht«, meint Tini lachend.

»Ach, und wer ist dann der Künstler?«

»Sanni.«

Dann hab ich es wohl ihm zu verdanken, dass die skizzierte Braut magersüchtig ist.

»Tini, das ist wirklich tolle Arbeit. Ich wusste es. Unsere Hochzeit ist bei dir in den richtigen Händen.«

Ich drehe mich zu Tom um. Er strahlt wie ein Honigkuchenpferd.

Mogli hüpft hinunter und spielt mit einem kleinen Stoffball neben uns. Den hat ihm Sanni zum Spielen gebastelt.

»Danke, ich hab auch schon drei grobe Ablaufpläne geschrieben. Bevor ich einen davon weiter ausarbeite, würde ich eine Grundsatzentscheidung von euch brauchen, in welche Richtung es gehen soll. Hier sind die Pläne, damit ihr eine Idee davon bekommt.«

Sie drückt uns einige Seiten in die Hand.

Ich seh dich schon auf der Treppe ...

»Schloss!« »Beach!«

Oh. Tom sieht mich an.

»Aber wenn du lieber ...«

Wieder gleichzeitig. Wir müssen beide lachen.

»Okay, du bist die Braut, Mara. Es soll der schönste Tag in deinem Leben werden, daher wählst du.«

Ich muss ihn kurz abschmusen. Dieser Mann verdient es, eingerahmt zu werden. Oder ich besorg mir seine Wachsstatue.

Ob die da wirklich alles eins zu eins aus Wachs nachmachen?

Ich muss lächeln und drücke meinen Po an ihn.

Tini schmunzelt auch und schweigt. Zum Glück kann sie meine Gedanken nicht lesen.

»Also ... am Strand zu heiraten hätte natürlich auch etwas.«

»Nun ja, das ist von allen Locations jene, die wir, was die Paparazzi betrifft, am besten im Griff haben. Ich habe das schon mit Will diskutiert«, erklärt Tini.

»Aber du wolltest das Schloss. Vergiss die Paparazzi, Babe. Das bekommen wir schon hin.«

Und da stehe ich.

In einem Traum in Weiß mit einer nicht enden wollenden Schleppe auf einer Treppe, die in den Himmel führt. Weiße Marmorstufen. Rote Rosenblätter am Boden. Am unteren Ende der Stiege unsere goldene Kutsche. An Papas Hand nehme ich eine Stufe nach der nächsten. Hinauf zum Märchenschloss. Dorthin, wo Tom wartet. Auf mich. Um Ja zu sagen. Für immer und ewig.

Hm. Dieses Bild schwebt mir vor, seit ich denken kann.

Aber jetzt bin ich über dreißig.

Zeit, die Sache neu zu überdenken. Vor allem, weil die Grundannahme dieser Träumerei nicht mehr stimmt.

Damals bin ich davon ausgegangen, jemanden zu heiraten, der durchschnittlich ist. So wie ich. Und da musste dann wenigstens der Hochzeitstag etwas Besonderes sein. Aber nun wartet am Ende der Treppe Tom. Und Tom ist bei Gott alles andere als durchschnittlich. Jeder Tag mit ihm ist aufregend. Anders. Ein Märchen.

»Danke, Tom. Aber ich bin auch für die Strandhochzeit.«

»Engelchen! Höre ich Strandhochzeit? Willst du, dass am Tag der Tage niemand meine Création zu Gesicht bekommt? Meine Nerven!«

Sanni zieht ein Schnoferl und ist außer sich.

Er nimmt seine Rolle als mein persönlicher Stylist und Designer sehr ernst. Außerdem hat er vor, sich mit dem Entwurf meines Brautkleids ein Denkmal zu setzen.

So gesehen ist der Strand ebenfalls die beste Lösung. Ich kenne Sannis Designkünste nur an sich selbst. Und alles, was er sich auf den eigenen Leib geschneidert hat, ist abartig. Zu bunt. Zu grell. Zu viele Muster auf einmal. Keine Ahnung, woher Tom das Vertrauen nimmt, dass Sanni das mit meinem Brautkleid hinbekommen wird. Ich liebe Sanni, aber mir macht die Vorstellung Angst.

»Sanni, jetzt krieg dich ganz schnell wieder ein. Tom und Mara heiraten. Da haben wir Pause. Alles klar?«

Tini ist immer sowas von pragmatisch.

»Apropos Pause, Tini. Eine ganz andere Frage. Ist Ben schon zurück?«, will Sanni aus heiterem Himmel wissen.

Ich fress ja einen Besen, wenn die zwei einander nicht doch am liebsten die Kleider vom Leib reißen würden. Aber beide sind zu stur, um das nach diesem Vorfall im Badezimmer zuzugeben!

»Bin ich neuerdings das Kindermädchen des Rockrüpels?«

Ups.

Sanni bohrt sich seine nicht vorhandenen, langen Fingernägel in die Backen, und Tom sieht weg. Ich denke, er will ihn nicht laut auslachen.

»Alles klar. Wir wissen also nicht, ob Ben schon angekommen ist? Stimmt das so, Mäuschen?«

Ja, und es interessiert mich auch überhaupt nicht. Sanni, lenk nicht ab. Kommen wir bitte zurück zur Hochzeit? Mara, Tom? Schließlich ist es eure. Ein bisserl mehr Konzentration und Mitarbeit, wenn ich bitten darf!«, pfaucht Tini.

Tom explodiert und kriegt sich gar nicht mehr ein vor lauter Lachen.

Sanni dreht einfach um und schnappt sich Mogli.

»Falls uns jemand sucht, wir ziehen uns nach oben zurück«, meint er und geht.

»Bin ich froh, dass Sanni Moglis Stiefvater ist«, brummt Tom.

»Tom!«, tadle ich ihn.

Aber er wirft sich auf der Liege nach hinten und zieht mich mit. Ups. Jetzt liege ich auf ihm, und er hält meinen Busen. Äh. Also mein Bikinioberteil.

»Ich sehe schon, heute wird das nichts«, keift Tini uns an und rauscht ab.

»Babe?«

»Ja?«

»Haben wir eigentlich schon wirklich alles ausprobiert?«

»Was bitte meinst du denn?«

»Unsere Spielsachen?«

»Ähm, ich glaube nicht. Also die, die du extra in der untersten Schublade der Kommode hortest, nicht.«

»Du hast geschnüffelt?«

»Ich schnüffle nicht, ich *finde*. Ich hab da einen sechsten Sinn für solche Sachen.«

Er hält mich umschlungen und streichelt meinen Bauch.

»Du weißt schon, dass unsere Eltern auf ein Enkelkind warten?«

Mit einem Mal ist seine Stimme sonorer als gewöhnlich. Erotischer. Dringt bis in meinen Bauch und noch viel tiefer vor.

»Liebling, ich nehm die Pille. Schon vergessen? Und wir wollten mit dem Baby bis nach der Hochzeit warten!«

»Mit dem Baby: ja. Mit dem Üben: nein!«

Schwups. Er hat mich aufgehoben und trägt mich ins Haus.

Kann mir denken, wohin die Reise geht. Und ich kann es kaum erwarten!

Liebe gehört verboten

30. Dezember, Freitag

Tini

So ein vermaledeiter Mist!

Ich kann Mara und Tom nicht mehr zusehen. Sie kuscheln auf der Liegeinsel neben dem Pool.

Dieses Zwinkern. Ihre gurrenden Laute. Ihre Liebe, die aus jeder ihrer Poren trieft und Schleimspuren hinterlässt. ›*Ich will mit dir ins Bett*‹, ist im Grunde die Kernbotschaft der beiden. Das gehört doch verboten!

Auch wenn ich es Mara von Herzen gönne, aber ich ertrage das mit jedem Tag weniger.

Mir entfährt ein tiefer Seufzer.

»Mäuschen. Komm, wir setzen uns hinüber auf die andere Terrasse und reden.«

Sanni nimmt meine Hand.

»Ich will aber nicht reden.«

Ich bocke und bleibe stehen.

»Tini, Schluss jetzt. Wir reden. Und zwar über Ben.«

Über Ben?

»Bitte? Was gibts da zu reden?«

»Meiner Ansicht nach sehr, sehr viel. Komm jetzt.«

Wenn Sanni seine Allüren vergisst, dann ist es ihm ernst.

Und genau das tut er gerade. Er redet in einem völlig normalen Tonfall mit mir.

Okay. Was solls?

Wir setzen uns in die dunkelbraunen Holzsessel mit den weißen Bezügen.

»Schon ein Wahnsinn, dieses Haus, oder? Also ich liebe ja dieses coole Design. So viel Beton und Glas und trotzdem strahlt es Gemütlichkeit aus. Das macht die Dekoration. Also ich ...«

»Lenke schon wieder vom Thema ab«, vollendet Sanni meinen Satz.

»Bitte?«

»Mäuschen, hör auf, mir die Welt zu erklären. Sag mir, was wirklich mit Ben los ist.«

Ich mag es nicht, wenn er so tut, als könne er durch mich hindurchsehen. Das kann niemand. Weder er noch Mara.

»Sanni. Da ist nichts. Wir hatten Spaß, haben ein wenig geflirtet und das war es. Er will keine Beziehung, ich will keine, also ist alles in bester Ordnung.«

Ich mag seinen Blick nicht. Will er mich sezieren?

»Und ich stehe neuerdings auf Frauen.«

»Hä? Im Ernst?«

»Ja, so im Ernst, wie du nicht auf Ben stehst.«

»Wie spät ist es?«, frage ich ihn.

»Kurz nach siebzehn Uhr, wieso?«

»Um diese Zeit darf man schon Alkohol trinken. Ich frag Sandra, ob sie einen Sundowner für uns hat.«

»Tini, bleib sitzen! Ich besorge uns die Drinks, und du überlegst dir indessen, was du endlich über Ben und dich herausrückst!«

Er sieht mich an. Tadelnd. Oder ist es mitleidig?

Argh! Sanni!

Nichts kann man vor ihm geheim halten. Er ist ja mittlerweile ärger als Mara.

»So, meine Schöne. Hier sind die Drinks und zwei Ohren, die gut zuhören können.«

Sanni grinst.

Er drückt mir einen Cuba Libre in die Hand.

»Salute!«, prostet er mir zu.

»Schau, Sanni. Bei der Verlobungsfeier in Wien habe ich mir am Anfang nur gedacht, Ben sieht gut aus und ist nett. Und privat so anders als auf der Bühne. Viel stiller, eher introvertiert. Erst wenn er sich wohlfühlt, kommt er aus sich heraus.«

»Aber du hast dich in Ben verliebt, oder?«

»Ja, habe ich. Schleichend, irgendwie. Und seit Mara mir erzählt hat, dass er über Weihnachten und Silvester mitkommen wird, spielt mein Herz verrückt. Ich denke andauernd an ihn. Aber leider glaube ich, er spielt ein ganz böses Spiel mit mir.«

Sanni sieht mich lange an.

»Du denkst also, er will nichts von dir? Also ich habe ihn beobachtet, Ben himmelt dich an. Und dass er *Woman* gesungen hat, hat er sich wohlüberlegt. Das war in meinen Augen ein Zeichen.«

»Kein Zeichen, bloß Zufall.«

»Kennst du den Text, Tini?«

»Na ja. Schon.«

»Google ihn lieber noch einmal. Und dann halte dir genau den Abend und ihr Zuspätkommen vor Augen.«

Sanni als *Doktor Freud?*

Aber von mir aus. Ich tue ihm den Gefallen.

Google ich die Lyrics.

Oh.

Ist es das, was Ben in diesem Moment gefühlt hat? Mir sagen wollte?

»Nein. So sensibel ist Ben nun auch wieder nicht.«

Sanni fährt sich durchs gegelte dunkle Haar.

»Du bescherst mir graue Haare, weißt du das, Tini?«

Ich muss grinsen.

»Ich? Sicher nicht.«

»Doch. Du! Und jetzt sei für eine Sekunde ehrlich zu dir
selbst: Willst du ihn im Bett, ja oder nein?«

Also wenn er mich so fragt?

»Nein.«

»Gut. Ich sauf mich nieder und gib mir später auf Toms
Rechnung einen Frauenporno im Pay-TV!«

»Sanni!«

»Was?«

»Okay, ich gebs zu.«

»Was jetzt genau, Tini?«

Ich geb ihm einen Klaps.

»Muss ich es sagen?«

»Musst du«, grinst Sanni.

»Ich hasse dich.«

»Du liebst mich.«

»Du liebst Sanni?«

Wo kommt Ben denn auf einmal her?

»Ben! Ich liebe mein Weibsvolk. Von Herzen. Aber ich denke,
du weißt, dass ich hier der Quotenschwule bin, oder?«

Sanni leert seinen Drink auf einen Sitz und türmt.

Ben schaut etwas irritiert und setzt sich neben mich.

»Alles okay mit ihm?«

»Ja, sicher. Keine Sorge, Selbstironie ist Sannis zweiter Vor-
name.«

»Dann bin ich beruhigt.«

Aber ich nicht. Was will er?

»Welcome back«, sage ich, um die Stille nicht ertragen zu
müssen.

»Danke.«

Ben küsst mich mitten auf den Mund.

Ich kneife meine Lippen zusammen.

»Wo sind eigentlich Tom und Mara? Ich wollte sie begrüßen, konnte sie aber nirgendwo finden.«

»Schätze, sie arbeiten wieder an ihrer Interpretation von *Blümchensex mit Spielzeug*.«

Ich liebe es, wenn ihm seine dunklen Augen fast aus dem Gesicht purzeln.

»Ach, und das nimmst du an, weil?«

»Weil ich *alles* weiß, mein Lieber.«

»Weißt du auch, dass Männer sich nicht in Frauen verlieben, die intelligenter sind als sie selbst?«

»Weiß ich und das stimmt für neunundneunzig Prozent der Männer. Aber dann gibt es da das Ende der Gauß-Kurve. Rechts außen. Und diese Männer haben glücklicherweise keine Angst vor klugen Frauen, im Gegenteil.«

Ben sieht mich verdutzt an. »Gauß-Kurve?«, lacht er.

Um seine Augenwinkel zuckt es verdächtig.

»Schöner Sunset«, sagt er plötzlich.

»Ja. Herrlich! Ich liebe dieses Pink.«

»Geht Pink mit klug?«

»Unbedingt.«

»Ich brauch einen Drink«, schnauft er.

»Weil du nun so viel zum Nachdenken hast, hole ich dir einen, mein Lieber.«

Er hält mich am Arm fest.

»Du verwirrst mich, Tini.«

»Du mich auch«, sage ich und laufe in Richtung Haus und Bar.

Herz!

Hör auf, so schnell zu klopfen.

Ich besorg doch nur einen Drink.

Silvestervorbereitungen

31. Dezember, Samstagvormittag

Cora

Ich halte diese dämlichen Puten im Kopf nicht mehr aus!

Wie weit hat mich diese österreichische Invasion gebracht? So weit, dass ich es bevorzuge, alleine vor dem Gästehaus in der Sonne zu liegen.

Ich!

»Hier bist du!«, trällert Sandra plötzlich.

Bitte? Flüchtet sie auch vor diesen drei Verrückten?

Ich setze mich auf.

Sandra stellt ein Tablett mit Kaffee auf den Couchtisch.

»Danke, das ist aber nett, Sandra.«

»Ich dachte, wir sollten ein kleines Schwätzchen halten«, lächelt sie.

Kann sie haben.

Liebend gerne ziehe ich mit ihr über dieses geldgierige Pack her.

»Unbedingt.«

Ich stecke mir eine Zigarette an und bin ganz Ohr.

»Ich mache mir Sorgen um dich, Cora«, sagt Sandra.

»Sorgen? Um mich? Warum denn das?«

»Cora, wir beide wissen, dass ich die Einzige bin, die weiß, was in der Karibik tatsächlich geschehen ist.«

Will sie allen Ernstes diese olle Kamelle diskutieren? Ich sicherlich nicht.

Sie tätschelt meinen Arm.

»Schon gut, das möchte ich jetzt nicht besprechen, Cora.«

»Ach? Und was möchtest du dann sagen?«

»Dass es Zeit wird zu akzeptieren, dass Tom Mara liebt und heiraten wird.«

Mein Herz entflammt sich unter Stichen und Schmerzen.

Niemals werde ich das akzeptieren. Es ist ein Fehler. Toms größter Fehler überhaupt.

»Ja, das muss ich wohl.«

»Schön, das aus deinem Mund zu hören.«

»Sandra, es ist doch lange vorbei. Tom und ich! Mein Gott, das ist fünfzehn Jahre her. In der Zwischenzeit gab es so viele andere. Was denkst du eigentlich von mir?«

Mein Magen krampft. Ich huste.

»Cora, ich verstehe dich. Wir kennen uns aber zu lange, als dass ich nicht wüsste, was du nach wie vor für Tom fühlst. Auch dein Verhältnis mit Ben hat nur dazu gedient, Tom eifersüchtig zu machen.«

Stimmt. Und Tom hat es nicht einmal registriert. Dafür wird Tini leiden. Ich muss bloß mit den Fingern schnippen, dann hüpft Ben wieder in mein warmes Bettchen.

»Als hätte ich das nötig! Also wirklich, Sandra. Ich denke, du siehst dir zu viele von diesen Schnulzen im Fernsehen an.«

Sandra trinkt einen Schluck Kaffee.

»Cora, als Freundin rate ich dir, lass sie alle in Ruhe. Konzentriere dich auf deinen Job und versuche, Tom gehen zu lassen.«

Meinen Mann gehen lassen? Mara hat ihn mir gestohlen. Sie kennt ihn nicht einmal. Hat keine Ahnung von Toms dunklen Seiten. Ich sehr wohl. Und ich liebe ihn trotzdem.

Niemals.

»Wie gesagt, da läuft seit fünfzehn Jahren nichts mehr, Sandra. Dieses Gespräch ist völlig überflüssig.«

»Wunderbar. Dann ist alles in bester Ordnung und dich wird hier niemand wegen Drogenbesitzes hochnehmen.«

Ich fasse es nicht. Sie droht mir? Mir?

»Ich besitze doch keine Drogen!«

»Solltest du Tini oder Mara die heutige Silvesterparty versauen, dann besitzt du welche, glaube mir, Cora.«

Sie sieht mich feindselig an.

»Du wagst es, mir zu drohen?«

»Ich? Ich informiere dich lediglich, dass heute Abend eventuell eine Razzia stattfinden könnte. Und es wäre äußerst unangenehm, wenn wir alle wegen deiner Drogen in die Schlagzeilen geraten. Besonders für Tom.«

Sie ist klein.

Sie ist fett.

Sie ist hässlich!

Was bildet sich Sandra eigentlich ein?

»Ich wünsche dir noch einen angenehmen Tag«, sagt sie und geht.

Dieses miese Weib!

Versaut mir den letzten Tag im Jahr.

Ich habe die Schnauze voll von diesem Pack. Soll er doch sehen, wie er ohne mich zurechtkommt!

***

Mara

Den ganzen Tag schon geht es hier zu wie in einem Bienenstock. Unzählige Menschen arbeiten für unsere fulminante Silvesterparty, während wir in der Sonne braten.

Ich komme mir richtig unnütz vor.

Aber Tom hat mich ausgelacht, als ich vorgeschlagen habe, etwas zu helfen.

Sanni biegt um die Ecke.

»Habt ihr Cora gesehen?«, fragt er.

Tom schüttelt den Kopf.

»Nein, sie hat mir eine Nachricht hinterlassen, sie feiert doch lieber in ihrem Haus auf Mustique.«

»Auch gut.«

Sanni trollt sich wieder.

»Moment. Cora ist abgereist? Ohne sich zu verabschieden?«

»Babe, vergiss es. Cora ist Cora.«

»Aha. Und Anstand, Höflichkeit oder sagen wir einmal, ein Minimum an Respekt, haben im Coraversum kein Asyl erhalten oder wie?«

Tom lacht schallend.

»Ich bin froh, dass du auf meiner Seite bist. Nicht auszudenken, dich zum Feind zu haben!«

Stimmt.

In meiner persönlichen Zeitrechnung war ich *vor* Aiden Trenton tatsächlich eine scharfsinnige und von einigen gefürchtete Journalistin. Blöd ist nur, dass ich *nach* Aiden Trenton zur kotzenden, hyperventilierenden und wankelmütigen Chaosqueen mutiert bin. Von meinen sexuellen Gelüsten einmal ganz zu schweigen. Aber solange er den Unterschied nicht wirklich bemerkt, soll es mir recht sei.

»Ich brauch noch einen Cappuccino und Vaseline, Tom.«

Tom wird rot.

Zurückspulen.

Tom wird rot?

»Babe! Hab ich dich etwa *überbeansprucht*?«

»Liebling, wir haben diese Woche alles ausprobiert, was ich bisher nur aus Büchern oder Filmen kenne. Und ja, ich kann kaum sitzen, aber ich liebe dich. Falls dich das jetzt beruhigt«, flüstere ich ihm ins Ohr.

»Dann käme es sehr ungelegen, wenn ich schon wieder Sex mit dir in Erwägung ziehen würde?«

»Sehr ungelegen.«

»Dann zieh dir bitte etwas über.«

»Ich bin angezogen.«

»Verehrte Misses Trenton in spe, betrachten Sie einen mehr als knappen Bikini als adäquates Kleidungsstück für ein Frühstück?«

»Verehrter Mister Trenton! Betrachten Sie Shorts, die - nennen wir es einmal - Ihren momentanen, emotionalen Status quo mehr als eindeutig zur Schau stellen, als adäquates Kleidungsstück am vorehelichen Frühstückstisch?«

»Ich habe Vaseline«, flüstert er.

»Und ich bin eine Frau.«

»Heißt was?«

»Ich bin leidensfähig.«

Er zieht die Augenbrauen hoch und hat schon wieder diesen Blick. Ich kaue an der Unterlippe und sehe ihn unschuldig an.

Ich schätze, den Kaffee, den ich Tini versprochen habe, trinken wir später.

***

Tini

»Sag einmal, haben die beiden die sexuelle Revolution neu erfunden?«

Sanni zuckt mit den Achseln. Er hockt am Steinboden unter einem Sonnensegel und spielt mit dem Kater.

»Und wenn. Dein schwer auf Entzug gesetzter Sanni beneidet sie«, meint er lapidar und wirft Mogli einen Ball. Der läuft hinterher und vollführt Luftsprünge, so lustig findet er das offensichtlich.

»Hm. Ich eigentlich auch.«

»Mäuschen, jetzt bade bitte nicht in Selbstmitleid! Du bist ganz nah dran mit Ben. Aber was soll ich sagen?«

»Ich bitte dich, du hast es doch selbst erlebt! Ben ist wie ein Krebs. Einen Schritt nach vorne, zwei zur Seite aber fünf zurück. Ich sag dir, das wird nie etwas, und mich interessiert er auch gar nicht mehr.«

»Aber du gibst zu, es ist realistischer, als dass ich jemanden finde.«

Sanni hat auf grammatikalische Stilmittel verzichtet und zieht sein berühmtes Schnoferl. Ihm geht es miserabel.

Ich umarme ihn.

»Keine Sorge. Du findest bestimmt den Richtigen. Das neue Jahr wird bestimmt dein Jahr. Glaub mir.«

»Wir wollen das Beste hoffen. Aber ich frage mich, wo sind all die Schwulen, von der die Presse immer schreibt, wenn sie über die Stars berichten?«

Ich muss lachen.

»Sanni!«

»Weils wahr ist. Aber ich werde euch nun traumhafte Outfits für die Party vorbereiten.«

»Mir auch?«

»Natürlich! Entschuldigung, da reitet heute halb Hollywood ein! Und sieh zu, dass du am Nachmittag deine Haare gestylt bekommst und professionelles Make-up.«

Er lächelt verschmitzt.

»Ich werf mich Ben doch nicht an den Hals.«

»Wenn das Innere ein wenig angekratzt ist, dann hilft es, zumindest das eigene Äußere zu mögen. In diesem Sinn habe ich mir das eigentlich gedacht.«

Ich drück ihm einen Schmatz auf die Wange.

»Danke. Du bist echt ein wahrer Freund.«

»Weiß ich doch, Mäuschen.«

Eine ungewöhnliche Party

31. Dezember, Samstagabend

Mara

»Gefällt dir das Kleid, Tom?«

Tom steht neben mir in unserem Marmorbadezimmer. Er stellt sich vor mich und hält zwei Finger an seine Wange.

Muss er jetzt nachdenken?

Mist. Das heißt wohl *nein*.

Ich zupfe an meinem hellgelben Hauch von Etwas herum. Sanni hat echt steile Sachen in Los Angeles besorgt.

Blöd, denn mir gefällt dieses Kleid. In verschiedenen Schichten fällt der hauchdünne Stoff ganz weich an mir herab. Sieht aus wie Wellen.

Zu meinem dunklen, langen Haar passt es super. Aber bitte, wenn es Mister Trenton nicht gefällt!

»You look gorgeous, Darling!«

Pff!

Er machts aber auch immer spannend.

Tom nimmt mich in den Arm.

»Ich freue mich sehr auf unsere Party heute Abend.«

»Ich kenn dich, am allermeisten freust du dich auf deine trinkfesten Hollywood-Freunde«, lache ich.

»Nein, am allermeisten freue ich mich auf den Start ins neue Jahr. Und zwar mit meiner Verlobten.«

»Sicher?«

Statt einer Antwort küsst er mich.

»Komm, Babe, und nun feiern wir. Die ganze Nacht.«

Daran zweifle ich keine Sekunde. Das wird die Party schlechthin.

Heerscharen an Menschen haben Unfassbares geleistet. Der Garten, die Terrasse - nichts ist wiederzuerkennen. Sie haben Bars aufgebaut, Heizstrahler verteilt, Feuerwerkskörper eingebuddelt und in der Küche geht es seit Stunden hoch her.

Tom konnte mir noch nicht einmal sagen, wie viele Gäste wir erwarten. Eingeladen scheint er den halben Ort zu haben. Samt halb Hollywood.

»So, mein Mogli. Heute Abend musst du leider heroben bleiben. Unten sind zu viele Menschen.«

Ich küsse den Kater, der zusammengerollt auf unserem Bett liegt.

»Langsam aber sicher bin ich auf ihn eifersüchtig«, grummelt Tom.

»Musst du nicht. Er mag dich auch.«

»Aber ich mag es nicht, wenn er in meinem Bett schläft.«

»Das macht er doch gar nicht.«

»Ach?«

»Er liegt in *unserem* Bett, auf *meiner* Seite. Komm, wir gehen.«

Tom schüttelt den Kopf und sieht nicht wirklich happy aus.

Aber er wird das mit Mogli verkraften. Ich habe ihn früher dabei erwischt, wie er sich neben den Kleinen gelegt hat. Mogli ist auf Toms Bauch gekrabbelt, und er hat mit ihm geredet und ihn gestreichelt.

Sie lieben sich.

Aber Tom würde das vermutlich nie und nimmer zugeben.

Ob er es unmännlich findet?

Keine Ahnung.

***

»Das gibt es nicht!«, schreie ich quer über das Wohnzimmer.
»Walter! Sonja!«
Ich werfe mich meinem Lieblingschef an den Hals.
Er drückt mich an sich und grinst.
»Mara! Wie ich sehe, bist du nach wie vor im Glück!«
Ich herze Sonja, seine Frau.
»Ich fasse es nicht! Tom hat kein Sterbenswörtchen verraten!«
»Überraschung gelungen, schätze ich«, lacht Tom hinter mir und begrüßt die beiden.
Ich schmatze Tom ab.
»Danke für die Einladung«, lacht Walter und umarmt nun auch Tom.
»Wo habt ihr Nina gelassen?«, frage ich die beiden.
»Bei meinen Eltern. Sie sind so lieb und schauen auf unser Baby. Ich kann es gar nicht glauben, dass wir jetzt hier sind«, freut sich Sonja.
Ich sehe es ihr an, sie genießt es sehr.
»Kommt, wir gehen nach draußen. Sanni und Tini sind irgendwo auf der Terrasse, schätze ich.«
»Du weißt schon, dass wir uns den Wahnsinnstrip nur für dich angetan haben?«, lacht der beste Chef der Welt.
Ich mache ein Hofknickserl.
»Und ihr werdet es nicht bereuen, das verspreche ich euch.«
Tom begrüßt gerade andere Gäste.
Es wurlt hier.

Ich hake mich bei Sonja und Walter unter und führe sie nach draußen. Dort stehen an der Bar Kellner, die Sandra extra für heute engagiert hat.
»Three glasses of champagne, please«, bestelle ich.
Tom gibt mir einen leichten Klaps auf den Po.
»Bitte, Mister Trenton?«, frage ich.
»Und ich?«

»Ja, ja! Ich dachte, du begrüßt noch weitere Gäste.«

»Four glasses, please«, korrigiere ich meine Bestellung.

Der Kellner nickt.

Tom umarmt mich.

»Sorry, aber dieses warme Klima tut Tom nicht gut!«

Walter und Sonja lachen.

Sonja beugt sich zu mir.

»Nicht einmal vor der Geburt von Nina war ich so aufgeregt wie jetzt, Mara«, flüstert sie in mein Ohr.

»Beruhig dich, das sind alles nur Menschen, Sonja. Wenn sie etwas Schlechtes gegessen haben, hängen sie am Klo wie wir Sterblichen auch«, flüstere ich zurück.

Sonja lacht laut auf.

»Okay, jetzt bin ich etwas entspannter.«

»Hier, der Willkommensdrink.«

Tom reicht uns allen den Champagner.

»Auf einen tollen Abend!«, sagt er, und wir stoßen an.

Wow! Das wird eine Party. Ich freue mich wie eine Schneekönigin.

Blöder Vergleich.

Wie eine Mariachi-Königin.

Vorne in Richtung Meer ist eine Bühne aufgebaut worden.

Dort spielt bereits eine mexikanische Band die typische Musik. Mehr als zwanzig Männer bevölkern in weißer, traditioneller Tracht mit Sombreros die Bühne. Sie spielen Gitarren, Geigen, Trompeten und Harfen. Ein paar singen.

Herrlich!

Ich shake gleich mit.

***

Sogar Any ist hier! Mit ihrer Freundin. Ich mag sie, sie ist auch eine von Toms sehr engen Freundinnen und selbst Schauspielerin.

Ach, ich führe so nette Gespräche. Alle lachen, tanzen und amüsieren sich. Menschen aus aller Welt sind da. Das ist die beste Party meines Lebens.

So liebe ich das.

»Ben gibt für uns ein Privatkonzert?«, frage ich Tom.

Das finde ich aber toll.

Macht er sonst in so einem Rahmen angeblich überhaupt nicht.

Im Moment kommt die Musik von einem DJ. Vorne auf der Bühne finden sich aber gerade einige Musiker ein.

Unsere Gäste scharen sich davor. Einige kenne ich selbstverständlich aus Filmen, bei den meisten habe ich allerdings keinen blassen Schimmer, wer sie sind oder warum sie hier sind.

»Er hat darauf bestanden«, lächelt Tom.

Er hat so ein Funkeln in den Augen. Habe die beiden schon wieder irgendetwas ausgeheckt?

Ich schmiege mich trotzdem an ihn. Sanni und Tini stehen neben uns.

Tini plaudert mit Walter und Sonja und kehrt der Bühne den Rücken zu.

»Tini! Jetzt tu nicht so uninteressiert.«

Ich kneife sie.

»Bin ich aber.«

»So wie Ben heute aussieht, ist er zumindest eine Sünde wert, oder?«

»Oberflächlich betrachtet ja«, sagt sie schnippisch.

Gut. Lassen wir das.

Ich bin gespannt, was Ben singen wird. Plötzlich jubeln und klatschen die Gäste. Ben erscheint. Anders kann man das nicht nennen.

In zerrissenen Jeans, einem offenen weißen Leinenhemd, dicken Boots, mehreren Ketten um den Hals, Bändern um den Arm, Ringe an den Fingern. Einen Hut ins Gesicht gezogen. Sehr sexy!

Aber wenn ich das alles gleichzeitig tragen müsste, würde ich aussehen wie so eine Nimm-mich-mit-Schütte mit Sonderangeboten.

Bei Ben dagegen sieht es natürlich und lässig aus. Er verneigt sich und setzt sich auf einen Barhocker vor das Mikrofon. Alle werden still.

Es ist beinahe unheimlich.

Ben beginnt auf seiner Gitarre.

Mir steigt die Gänsehaut auf.

Sehr melodiös.

Fast traurig.

Den Song kenne ich gar nicht.

Tom hält mich umschlungen, und ich wiege mich langsam im Rhythmus.

Bens Stimme ist der Hammer. Rau, cool und echt sexy.

Sogar Tini tanzt mit. Fällt ihr anscheinend gar nicht auf.

Tosender Applaus.

Grandios.

»Thank you, friends. And now, please welcome our host, Aiden Trenton!«

Bitte?

Alle grölen, pfeifen und klatschen.

Tom grinst hinter mir, küsst mich und geht nach vorne auf die Bühne.

Was haben die beiden denn vor?

»Kann Tom singen?«, fragt Tini.

»Keine Ahnung.«

Wir starren wieder zu den beiden vorne am Meer.

Ein Kellner drückt ihnen einen Drink in die Hand.

Was wird das? *Rat Pack* zu zweit?

Gut, ich nehme an, mit dem Alkohol hätten sie kein Problem, aber musikalisch?

Tom bekommt ein Mikrofon und spricht hinein:

»First of all, thank you, for joining Mara and me tonight!«

Wieder applaudieren alle.

»We have ten minutes 'til midnight. Time enough for a little story, we'd love to share with you guys.«

Was ziehen die beiden denn hier ab?

»It all started in Vienna, and we wrote this song together«, fährt Ben fort.

Tom und Ben sehen sich an und lachen.

»This one is for you, Mara. I love you!«, sagt Tom ins Mikro. Ich knie nieder, wenn er diese Stimme auspackt, und sende ihm einen Luftkuss.

»But it is also for you, Tina!«, sagt Ben und grinst spitzbübisch.

Oh oh!

Ich sehe Tini an. Sie ist erstarrt.

Er nennt sie ständig Tina.

Spannend.

»And now, just listen«, fährt Ben leise fort.

Er spielt ein Intro auf der Gitarre.

Ich umarme Tini und halte sie ganz fest.

Ihr Körper bebt.

Sanni schlingt ebenfalls seinen Arm um sie.

Ben beginnt zu singen: »People think they know me, meaning just my pictures. Some of them love the monster in me, others find me kind of strange! ... But do they ever realize, I›m just a boy hiding behind my shades?«

Hups. Mein Herz hat ausgesetzt.

Tom singt alleine weiter!

»Women think they adore me, meaning just my money! Some of them want my creditcards, others are fine with just a piece of fame! … But do they ever realize, I>m just a lonesome boy looking for a kind embrace?«

Tini heult. Ich gleich mit.

Sanni wischt sich die Tränen mit einem Hemdsärmel aus den Augen.

Jetzt singen sie im Duett!

»But then you stepped into my life, watching my thoughts run wild! I see, that you don't care and demolish the star that they all oddly chase! Cause you … you … can see right through me and you … you … love the man behind …«

Oh Lord! Ich wusste nicht, dass Tom dermaßen gut singen kann!

Tini beutelt es richtiggehend.

»Tini, das heißt doch, Ben liebt dich.«

Sie fiepst unverständliches Zeug.

Die letzten Akkorde verklingen.

Unsere Gäste jubeln. Tom und Ben umarmen sich, klopfen sich auf die Schultern und verbeugen sich.

»We love you, girls! And now, make sure you all have a drink to welcome the new year!«, ruft Tom ins Mikro.

Sie gehen von der Bühne ab.

Ich stürme Tom mit offenen Armen entgegen.

»I love you so much, Tom!«

Ich kann nicht anders. Ich schlinge meine Arme um seinen Hals und beginne, mit ihm zu schmusen.

Walter, Sonja und Sanni gratulieren Tom. Was für ein Song!

Any fällt ihm auch um den Hals.
Gleich ist es Mitternacht.
Gleich beginnt das neue Jahr.
Mit diesem Mann.
Unser erstes gemeinsames Jahr.
Und wir starten es hier.
Unter diesem Sternenhimmel.
Mehr geht nicht.

Have a sexy new year

31. Dezember/1. Jänner, Jahreswechsel

Tini

Ben steht wie ein kleiner Schuljunge vor mir. Seine Hände stecken in den Hosensäcken. Ein wenig versteckt er seine Augen hinter dem Hut.

Herrgott!

Am liebsten würde ich mich ihm an den Hals werfen, aber ich trau mich nicht.

»Magst du unseren neuen Song?«, fragt er sehr, sehr leise.

»Er ist … unglaublich schön«, schniefe ich.

Ich klammere mich an meine Champagnerflöte.

Wir sehen zu Boden.

Plötzlich sehe ich, wie Sanni sich vor mich stellt.

Fäuste in den Hüften.

»Martina Sommer! Ich schätze, wenn Sie diesen Mann jetzt nicht küssen, tu ich es!«

Ben lacht auf.

Sanni tritt zur Seite.

Ben umschlingt meinen Hals.

Ich seinen.

»Sanni hat gedroht«, sagt Ben.

»Und wie.«

»Dann sollten wir, oder?«, fragt er und blickt bis in mein Herz.

»Und du meinst alles so, wie du es gesungen hast?«, frage ich Ben.

Er sieht mich zweifelnd an.

»Tina?«

»Ja? Weißt du, ich will ja nur sichergehen, dass ...«

»Tina?«

»Was?«

»Hör endlich auf zu denken und halt in Gottes Namen den Mund.«

Oh.

Mmmh.

Ups, meine Knie werden ganz weich.

»Und schließ bitte endlich auch die Augen«, grinst Ben.

Wenn er meint.

Zählen die mit, wie lange wir schon schmusen?

Blödsinn. Es ist nur der Countdown.

»Seven. Six. ...«

»Ich glaube, ich habe mich in dich verliebt«, raunt Ben.

»Ich glaube, ich habe mich in dich verliebt«, gurre ich zurück.

»Happy new year!«, brüllen alle rund um uns.

»Nur damit das für das neue Jahr klar ist, Frau Sommer, ich will keine Affäre.«

Ben streicht mir übers Gesicht.

»Ich auch nicht, Herr Romans.«

»Wunderbar. Dann wünsche ich dir ein wundervolles, neues Jahr.«

»Ich dir auch, Ben.«

Kann man so viele Schmetterlinge auf einmal in einem einzigen Bauch beherbergen?

Scheint so.

Irgendjemand stört auf meiner Wolke Sieben und tippt mir auf die Schulter.

Ich blinzle und sehe in Maras verheultes Gesicht.

»Tini!«, kreischt sie. »Ich freu ... mich so! Happy new year!«
Wir fallen uns in die Arme und schluchzen beide kurz.

Sanni gleich mit.

Aus den Augenwinkeln sehe ich, wie sich auch Tom und Ben um den Hals fallen.

»Danke, Alter«, höre ich Ben zu Tom sagen.

»Ich danke dir, Ben. Und sorry, aber von nun an sehen wir uns - wie es scheint - regelmäßig«, lacht Tom.

Der Himmel kracht.

»Wow! Was für ein Feuerwerk!«

Sterne regnen in Rot und Silber auf uns herab.

Die Menschen verschwimmen. Ich sehe nur noch diese dunklen Augen, in denen sich Sternschnuppen spiegeln ...

***

Mara

»Happy?«, säuselt Tom.

»Unbeschreiblich glücklich«, antworte ich.

Oh Mist.

Das Feuerwerk!

»Tom, ich muss schnell zu Mogli. Der wird sich sicher vor den Raketen fürchten.«

Tom zieht die rechte Augenbraue hoch.

»Engelchen, keine Sorge. Ich gehe zu ihm«, sagt Sanni.

Sanni umarmt mich und alle anderen.

»Moment, Sanni. Bist du sicher?«, frage ich ihn.

Er grinst.

»Sehr sicher, Mara.«

Tom atmet laut aus und ist erleichtert.

»Was täten wir ohne Sanni?«, grinst er.

»Will ich mir gar nicht ausmalen, Tom!«

Ich lehne meinen Kopf an ihn.

»Ich liebe dich, Mara!«

»Ich liebe dich, Tom!«

»Bald bist du tatsächlich meine Ehefrau.«

»Klingt sehr gut.«

Wir schmusen, während sich der Himmel in allen Farben über uns ergießt.

***

Tini

»Nein! Du hast an den Donauwalzer gedacht«, schreit Mara.

»Ich weiß, was sich gehört, Babe. Würdest du mir den ersten Tanz des neuen Jahres schenken?«

»Oh Gott, ich liebe dich, Tom!«

Die letzten Funken verblassen am Himmel, die Musik wird immer lauter und erfüllt nun alles.

Tom und Mara beginnen zu tanzen. Viele andere Paare auch.

Ben zieht mich an sich und fragt mich ebenso.

»Ja, nichts lieber als das.«

Hui, er kann Walzer tanzen! Sogar ausgezeichnet.

Und er kann führen!

»Ihr seid schon ein außergewöhnliches Trio«, meint Ben und reißt mich aus meinen Träumen.

Ich sehe ihn an.

»Sanni, Mara und ich?«

»Ja.«

»Wie meinst du das?«

»Weil ihr füreinander durchs Feuer gehen würdet«, lächelt Ben.

Stimmt.

»Vermutlich.«

»Übrigens, lass los, dir passiert nichts, Tina.«

Ich mag es, wenn er mich Tina nennt.

»Wie kommst du denn darauf?«

»Weil ich ein guter Beobachter bin, denke ich zumindest. Und glaube mir, ich bin die Schulter, an die du dich anlehnen kannst.«

Ich und mich fallen lassen? Das habe ich bei keinem meiner Ex-Freunde geschafft.

Sanft drückt er meinen Kopf an sich.

»Glaub mir, Kleines. Es tut nicht weh.«

Nein, weh nicht, dafür macht es meine Knie weich, meinen Bauch flau, mein Herz schnell und fegt meinen Kopf leer.

Ich schmiege mich an Ben und muss feststellen, so biegsam, so unendlich weich kenne ich meinen Körper gar nicht.

»So ist es gut«, flüstert er.

Sind es die Sterne des Nachthimmels, die durch meine geschlossenen Augenlider hindurchscheinen, oder sind es Bens Küsse?

Der Donauwalzer endet und eine langsame Nummer beginnt. Ben hält mich eng an sich gedrückt und führt nach wie vor.

Ich vergrabe meinen Kopf in seiner Halsbeuge.

Kann ich das?

Will ich mich wieder auf eine Beziehung einlassen? Auf die Gefahr hin, dass es ein weiteres Mal schiefgeht?

Ja. Ich denke, ich will.

***

Ben nimmt meine Hand, und wir laufen hinüber zur Gästevilla. Am Eingang bleibt er stehen. Er sieht mich an. Mit beiden Händen hält er mein Gesicht.

»Ich muss dich spüren.«

»Ich dich auch.«

Er küsst mich. Ich sehe schon wieder Sterne.

Alles in mir zieht. Brennt. Will ihn.

Uns immer wieder küssend, schaffen wir es bis in sein Schlafzimmer im ersten Stock. Seine Boots hat er sich bereits auf der Treppe von den Füßen gerissen. Ich bin ebenfalls aus meinen hohen Sandalen geschlüpft.

Ben schließt die Türe hinter sich und öffnet den Reißverschluss meines Kleides. Ich schlüpfe heraus, es fällt zu Boden. Meine Hände sind überall. Ich will seine Haut spüren. Jede Wölbung seiner Muskeln fühlen.

Ich öffne seinen Gürtel, er hilft mir. Seine Jeans sind wir los.

Mein Bauch steht in Flammen. Ben steht in Shorts vor mir. Ich vor ihm in BH und Slip.

Sein gebräunter Body ist sooo heiß. Mein Blick wandert nach unten. Flacher Bauch. Jeder Muskel ausdefiniert. Seine schrägen Bauchmuskeln verschwinden in der Leistengegend in seinen Shorts.

Sexy. Begehrenswert. Hot.

Er hält mich am Rücken fest und wirft sich mit mir gemeinsam auf sein Bett.

Ben ist über mir.

Fährt mit der Zunge meinen Hals entlang. Ich strecke meinen Kopf nach hinten. Bitte, bitte, hör nie mehr damit auf!

Jetzt entdeckt er jeden Zentimeter meines Busens, der nicht vom BH verdeckt ist. Ich halte seinen Kopf.

Plötzlich sieht er mir in die Augen.

»Wie lange ist dein letzter Aidstest her, Tina?«

»Zwei Wochen.«

Er grinst.

»Sehr aktuell, warum denn das?«

»Weil ich sicherheitshalber einen hab machen lassen - wegen der Übersiedelung in die USA. Und ich bin negativ.«

»Ich auch, Kleines. Hier.«

Er dreht sich zur Seite und zieht einen Zettel aus dem Nachtkästchen.

Ich überfliege ihn.

»Du hast diese Woche einen gemacht?«

»Nun, ich wollte vorbauen«, grinst er.

Cool. Das wäre somit geklärt.

»Nimmst du die Pille?«

»Was, wenn nicht?«

»Hier.«

Er hält eine Packung Kondome in die Höhe.

»Du warst dir aber sehr sicher, dass du mich mit deinem Song köderst!«

»Nein, aber ich habe es gehofft.«

Er küsst mich. Innig und tief.

Mmmh.

Ben rutscht nach unten.

Bedeckt meinen Bauch mit Küssen. Alles in mir glüht.

Bitte, streichle mich!

Er hält meinen Po und bläst über mein Höschen. Sein Atem ist heiß.

»Oh, Ben!«

Ich zerspringe gleich.

»Nicht bewegen.«

Von außen beginnt er, an mir zu knabbern. Sanft, aber sehr bestimmt.

Massiert mit den Händen meinen Busen.

Zieh mich ganz aus!

Ich sage es nicht laut, denn ich liebe es, wie sich die Wellen der Lust im Zentrum meines Körpers brechen. Stattdessen versuche ich, ihm zu verstehen zu geben, dass er zu mir hochkommen soll.

Er schüttelt den Kopf zwischen meinen Schenkeln und beginnt, mit der Zunge, die Seide meines Slips zur Seite zu schieben.

Ich höre, wie ich laut stöhne. Hat ihn das ermutigt? Er wandert mit seiner Zunge an den Punkt, an dem es am intensivsten ist.

Oh … Lord! So hat das noch niemand gemacht. Er versinkt in mir. Ich in einer Woge an Gefühlen, die er auslöst. Intensiv. Die Sinne vernebelnd. Kleine schwarze Punkte tanzen vor meinen Augen. Mein Geist bricht eine Schranke nieder, von der ich nicht ahnte, dass sie existiert.

Ich fühle ihn. Seine Lust, sein Verlangen, seine Liebe für mich. Bis in die Zehenspitzen und weit über meinen Körper hinweg.

Sein Rücken ist heiß und fühlt sich feucht an. Es gelingt mir kaum, mich an ihm festzuklammern.

»Übrigens, ich nehme die Pille«, hauche ich in seine Richtung.

Und ja, es war eine Einladung.

Ich will alles von ihm.

Und plötzlich ist er mit seinem Gesicht über meinem. Schmust mit mir. Ich ziehe ihn an mich, spüre ihn zwischen meinen Beinen. Will ihn.

»Bitte, nimm mich«, gurre ich.

Er legt sich zur Seite und dreht mich um. Presst meinen Po an seine Hüften.

»Ohhh!«

»Ja!«, schreit er.

Stück für Stück erobert er mich. Schiebt seine Hände unter meinen Körper und streichelt meinen Busen.

»Ich liebe dich, Tina.«

»Ich ... liebe dich ... Ben«, hauche ich. Sein Rhythmus raubt mir den Atem.

Die Welt explodiert.

Ich löse mich in ihm auf. Er sich in mir.

Ertrinke in ihm. Trinke ihn.

Ich kann nur mehr stöhnen.

Diese Verbundenheit ist unfassbar.

»Bleib bei mir«, japse ich.

»Mach ich Kleines.«

***

Oh, Boy! Ich bin mir fast sicher, dass jeder auf der Party mir ansieht, wie ich mich fühle. Dabei haben wir uns geduscht. Aber ich trage keine Unterwäsche. Ben hat mich darum gebeten. Er trägt auch keine.

Eng umschlungen tauchen wir ins Gewühl ein.

»Da seid ihr ja«, lacht Mara. »Wir wollten schon eine Vermisstenanzeige aufgeben.«

Ich spüre, wie meine Wangen aufglühen.

Mara umarmt mich.

»War er gut?«, flüstert sie.

»Mehr als das«, presse ich heraus, denn Ben hat mir einfach von hinten in den Schritt gegriffen.

»Kommt, Tom steht mit Walter und den andern an der Bar drüben am Pool.«

Sie dreht sich um und geht voraus.

»Ben! Was war denn das?«, tadle ich ihn zum Spaß.

Ich fand es ja heiß.

»Komm kurz mit.«

Er geht nach vorne an die Steinmauer und weiter hinunter an den Strand. Ich folge ihm.

»Ich dachte mir, du solltest sie tragen.«

Er zieht eine seiner langen Ketten über den Kopf und schlingt sie mir um den Hals.

Mein Bauch flattert. Ich kann gar nichts sagen.

Ich starre ihn an. Jetzt den Anhänger. Ein verbogenes Herz in dem ›Bens‹ steht.

Auf einmal schiebt er mein bodenlanges Kleid nach oben und meine Beine ein Stück auseinander.

»Happy new year. I love you«, flüstert er in mein Ohr.

Seine Hand hält mich von unten. Für einen Moment lasse ich mich in sie fallen. Er streichelt mich. Plötzlich spüre ich etwas Kaltes. Er fährt damit auf und ab.

Und versenkt es … in mir!

Ich schreie auf.

Was ist das? Liebeskugeln oder so?

»Ich liebe es zu wissen, dass du die kommende Stunde nur mehr daran denken wirst, wann du mich das nächste Mal bekommst«, raunt er in mein Ohr.

»Aber ich halte es schon jetzt nicht mehr aus«, wimmere ich und presse meine Schenkel zusammen.

»Du wirst«, grinst er.

»Komm, wir gehen zurück zu den anderen und feiern ein wenig.«

»Ich kann das so aber nicht.«

Vor allem weil ich Angst habe, das Ding flutscht auf den Boden.

»Liebst du mich?«

Mein Herz klopft bis zum Hals.

»Natürlich.«

Er reibt mein Kleid ein wenig zwischen meinen Beinen. Meine Hand führt er für ein paar Sekunden in seine Jeans. Ich streichle ihn. Ben stöhnt laut.

Himmel!

Ich heb gleich ab!

Oder löse mich hier in tausend kleine Sandkörnchen auf und lege mich zu den anderen. Oder aber ich ...

»Tina, nicht denken. Fühlen und lieben, dann kannst du es. Komm.«

Wenigstens ist seine Stimme auch unnatürlich rau. Sonst würde ich glauben, nur ich bin kurz vor einem emotionalen Kurzschluss.

»Wirklich eine ganze Stunde?«, wimmere ich.

»Bis zum Sonnenaufgang, Kleines. Dann haben wir ein Date hier am Strand.«

Er grinst mich an.

Warum hat mich niemand vor ihm gewarnt? Vor meinen Gefühlen? Vor seiner Art, zärtlich, bestimmt und spielerisch Sex zu haben?

Diesen Mann lass ich nie mehr wieder los.

Einfach nur Wahnsinn.

Was für ein atemberaubendes, sexy new year!

Ich kann nur beten, dass die Sonne bald aufgeht, sonst bin ich vorher an einer Überdosis Lust explodiert.

Und das wäre zu schade.

Jetzt, wo das neue Jahr so jung, heiß und schon so voller Überraschungen ist! Wenn etwas so beginnt, kann es eigentlich nur absolut märchenhaft weitergehen, oder?

ENDE

Danke!

Liebe Leserin!
Lieber Leser!

Da dies eine Weihnachtsgeschichte ist, die ich als Dankeschön an alle meine Leserinnen und Leser geschrieben habe, möchte ich die Gelegenheit auch hier - am Ende des Romans - nützen und noch einmal Danke sagen!

Danke dafür, dass Sie meine Romane kaufen, lesen und hoffentlich mögen!

Danke all jenen, die mir ein paar Zeilen als Rezension hinterlassen!

Danke all jenen, die mich mit Ihren Blogbeiträgen oder in anderen Medien unterstützen!

Danke all jenen, die selbst ein Teil meiner Geschichten sind, da sie in der Entstehung des Buchs mit dabei waren!

Danke all jenen, die mir in der Endfertigung, im Vertrieb und Marketing so hilfreich zur Seite stehen!

Danke euch allen, die ich Freundinnen und Freunde nennen darf!

Danke, dass wir gemeinsam ein wenig Spaß mit Mara und Tom haben können!

Ist es nicht wundervoll, dass die Sprache der Liebe eine ist, die wir auf der ganzen Welt sprechen?

In diesem Sinne wünsche ich Ihnen ein zauberhaftes Weihnachtsfest und einen fulminanten Start in ein glückliches und liebevolles neues Jahr!

Herzlichst und keep on dreamin´,
Ihre Mira Morton

PS: Danke, Ute - für alles! Ich drück Dich dafür!

Übersetzungen Englisch - Deutsch

Nachdem mich einige Leserinnen gebeten haben, anderssprachige Textpassagen zu übersetzen, mache ich das hiermit. Also - frei übersetzt von Mira Morton:

Kapitel 4

I'm dreaming of a whiiite christmas. - Ich träume von einem weißen Weihnachtsfest. (Auszug aus den Lyrics von ›White Christmas‹, komponiert von Irving Berlin, 1942)

Kapitel 8

I'll go and get him. - Ich gehe und hole ihn.

Good idea. Thank you, Will. - Gute Idee. Danke, Will.

Hello, everybody! - Hallo, alle miteinander!

Sorry, but you are - who? - Entschuldigung, aber Sie sind - *wer*?

Mara, excuse me. I am Jérôme. Aidens spiritual coach. - Mara, entschuldige. Ich bin Jérôme. Aidens spiritueller Coach.

And you are here - why? - Und Sie sind hier - *warum*?

Oh, I was nearby, so I thought, I drop in for a little chat. - Oh, ich war in der Nähe und dachte, ich schau auf einen kleinen Tratsch vorbei.

Okay, so you are a spiritual coach. And you believe in - what? - Okay, Sie sind der Spirituelle Coach. Und sie glauben an *was*?

Cheese, your aura is so aggressive, Mara. Calm down. - Meine Güte, deine Aura ist so aggressiv, Mara. Beruhige dich.

And I suppose, you have a problem with your karma! Or why don't you celebrate christmas with your family? Don't you have any? - Und ich nehme an, Sie haben ein Problem mir Ihrem Karma! Oder warum sonst feiern Sie Weihnachten nicht mit Ihrer Familie? Haben Sie keine?

Christmas? Thats just a day like any other. I don't believe in that odd Jesus-Story. - Weihnachten? Das ist doch ein Tag wie jeder andere. Ich glaube doch nicht an diese verrückte Jesus-Geschichte.

I think, I really have to talk to Aiden about the energy of your familiy. - Ich glaube, ich muss wirklich mit Aiden über die Energie deiner Familie sprechen.

Our energy? Our energy is great! - Unsere Energie? Unsere Energie ist großartig!

You leave. Immediately. - Sie gehen. Sofort!

Mara. Keep calm. I am sure, we can work on your problems. - Mara. Bleib ruhig. Ich bin sicher, wir können an deinen Problemen arbeiten.

You leave! - Sie gehen!

Better you leave, Mara. You are no good for Aiden. Besser du gehst, Mara. Du bist nichts für Aiden.

You guys are mad! - Ihr seid alle verrückt!

Yes, we are. I am Miss Devil! - Ja, sind wir. Ich bin Miss Teufel!

You will pay for that! - Dafür wirst zu zahlen!

Kapitel 9

I love you, Babe! Merry christmas! - Ich liebe Dich, Babe. Fröhliche Weihnachten!

Woman, I can hardly express ... my mixed emotions ...

– Frau, es fällt mir schwer meine verschiedenen Emotionen auszudrücken. (Auszug aus den Lyrics von John Lennon, 1981. »Woman.«)

I looove youuu. Now and forever. - Ich liebe dich. Jetzt und für immer. (Auszug aus den Lyrics von John Lennon, 1981. »Woman.«)

Kapitel 11

Sir, I don't think this is a good idea. I'll drive you. - Sir, ich glaube, dass ist keine gute Idee. Ich fahre Sie.

Kapitel 12

Don't worry, Babe. - Keine Sorge, Babe.

Merry christmas, Babe. - Fröhliche Weihnachten, Babe.

Kapitel 14

I have some great wine for you. - Ich habe einen großartigen Wein für euch.

I don't doubt it, José! - Ich bezweifle es nicht, José!

Kapitel 15

... lovin´ you hurts, lovin´ you keeps me awake ... - ... dich zu lieben schmerzt, dich zu lieben hält mich wach

See your face everywhere! - Seh dein Gesicht überall!

Kapitel 17

Welcome back. - Willkommen zurück.

Kapitel 19

You look gorgeous, Darling! - Du siehst bezaubernd aus, Liebling!

Three glasses of champagne, please. - Drei Gläser Champagner, bitte.

Four glasses, please. - Vier Gläser, bitte.

Thank you, friends. And now, please welcome our host, Aiden Trenton! - Ich danke euch, Freunde. And nun, bitte heißt unseren Gastgeber, Aiden Trenton, willkommen!

First of all, thank you, for joining Mara and me tonight! - Zuert möchte ich euch danken, dass ihr Mara und mir heute Gesellschaft leistet!

We have ten minutes 'til midnight. Time enough for a little story, we'd love to share with you guys. - Wir haben noch zehn Minuten bis Mitternacht. Also genügend Zeit für eine kleine Geschichte, die wir gerne mit euch allen teilen würden.

It all started in Vienna, and we wrote this song together. - Es begann alles in Wien und wir haben dieses Lied gemeinsam geschrieben.

This one is for you, Mara. I love you! - Dieses hier ist für dich, Mara. Ich liebe dich!

But it is also for you, Tina! - Aber es ist auch für dich, Tina!

And now, just listen. - Und nun, einfach zuhören.

People think they know me, meaning just my pictures. Some of them love the monster in me, others find me kind of strange! ... But do they ever realize, I›m just a boy hiding behind my shades? - Die Menschen glauben mich zu kennen, meinen nur meine Bilder. Einige lieben das Monster in mir, andere finden mich etwas seltsam ... aber verstehen sie jemals, Ich bin nur ein

Junge, der sich hinter seiner Sonnenbrille versteckt?

Women think they adore me, meaning just my money! Some of them want my creditcards, others are fine with just a piece of fame! ... But do they ever realize, I›m just a lonesome boy looking for a kind embrace? - Frauen himmeln mich an, meinen aber nur mein Geld! Einige von ihnen wollen meine Kreditkarten, andere begnügen sich mit einem Stück Ruhm! ... Aber verstehen sie jemals, ich bin nur ein einsamer Junge, der nach einer freundlichen Umarmung sucht

But then you stepped into my life, watching my thoughts run wild! I see, that you don't care and demolish the star that they all oddly chase! Cause you ... you ... can see right through me and you ... you ... love the man behind ... - Doch dann tratst du plötzlich in mein Leben, siehst wie meine Gedanken frei herumlaufen! Ich sehe, es kümmert dich nicht und du zertrümmerst den Star, dem sie alle seltsamerweise herjagen! Weil du ... du ... du siehst durch mich hindurch und du ... du ... liebst den Mann dahinter ...

We love you, girls! And now, make sure you all have a drink to welcome the new year! - Wir lieben euch, Mädels! Und nun, seht zu, dass ihr alle einen Drink habt, um das neue Jahr willkommen zu heißten!

»I love you so much, Tom!« - »Ich liebe dich so sehr, Tom! «

Kapitel 20

Seven. Six. ... - Sieben. Sechs. ...

Happy new year! - Glückliches neues Jahr!